「詩意」？世界上並沒有這麼個東西，靜美，獨立，什麼也沒有了。
生命只是妥協，敷衍，和理想完全相反的鬼混。

老舍——著

離婚

一齣婚姻鬧劇，一部人生悲劇

目錄

目錄

第一

一

張大哥是一切人的大哥。你總以為他的父親也得管他叫大哥;他的「大哥」味兒就這麼足。

張大哥一生所要完成的神聖使命:作媒人和反對離婚。在他的眼中,凡為姑娘者必有個相當的丈夫,凡為小夥子者必有個合適的夫人。這相當的人物都在哪裡呢?張大哥的全身整個兒是顯微鏡兼天秤。在顯微鏡下發現了一位姑娘,臉上有幾個麻子;他立刻就會在人海之中找到一位男人,說話有點結巴,或是眼睛有點近視。在天秤上,麻子與近視眼恰好兩相抵銷,上等婚姻。近視眼容易忽略了麻子,而麻小姐當然不肯催促丈夫去配眼鏡,馬上進行雙方——假如有必要——交換相片,只許成功,不准失敗。

自然張大哥的天秤不能就這麼簡單。年齡,長相,家道,性格,八字,也都須細細測量過的;終身大事豈可馬馬虎虎!因此,親友間有不經張大哥為媒而結婚者,他只派張大嫂去道喜,他自己絕不去參觀婚禮——看著傷心。這絕不是出於嫉妒,而是善意的覺得這樣的結婚,即使過得去,也不能是上等婚;在張大哥的天秤上是沒有半點將就湊合的。

離婚,據張大哥看,沒有別的原因,完全因為媒人的天秤不準。經他介紹而成家的還沒有一個鬧過離婚的,連提過這個意思的也沒有。小兩口打架吵嘴什麼的是另一回事。一夜夫妻百日恩,不打不愛,抓破了鼻子打青了眼,和離婚還差著一萬多里地,遠得很呢。

至於自由結婚,哼,和離婚是一件事的兩端——根本沒上過天秤。這類的喜事,連張大嫂也不去致賀,只派人去送一對喜聯——雖然寫的與輓聯不同,也差不很多。

介紹婚姻是創造，消滅離婚是藝術批評。張大哥雖然沒這麼明說，可是確有這番意思。媒人的天秤不準是離婚的主因，所以打算大事化小，小事化無，必須從新用他的天秤估量一回，細細加以分析，然後設法把雙方重量不等之處加上些砝碼，便能一天雲霧散，沒事一大堆，家庭免於離散，律師只得乾瞪眼——張大哥的朋友中沒有掛律師牌子的。只有創造家配批評藝術，只有真正的媒人會消滅離婚。張大哥往往是打倒原來的媒人，進而為要到法庭去的夫婦的調停者；及至言歸於好之後，夫妻便否認第一次的介紹人，而以張大哥為道地的大媒，一輩子感謝不盡。這樣，他由批評者的地位仍回到創造家的寶座上去。

大叔和大哥最適宜作媒人。張大哥與媒人是同一意義。「張大哥來了，」這一聲出去，無論在哪個家庭裡，姑娘們便紅著臉躲到僻靜地方去聽自己的心跳。沒兒沒女的家庭——除了有喪事——見不著他的足跡。他來過一次，而在十天之內沒有再來，那一家裡必會有一半個枕頭被哭溼了的。他的勢力是操縱著人們的心靈。就是家中有四五十歲老姑娘的也歡迎他來，即使婚事無望，可是每來一次，總有人把已發灰的生命略加上些玫瑰色兒。

二

張大哥是個博學的人，自幼便出經入史，似乎也讀過《結婚的愛》。他必須讀書，好證明自己的意見怎樣妥當。他長著一對陰陽眼：左眼的上皮特別長，永遠把眼珠囚禁著一半；右眼沒有特色，一向是照常辦公。這隻左眼便是極細密的小篩子。右眼所讀所見的一切，都要經過這半閉的左目篩過一番——那被囚禁的半個眼珠是向內看著自己的心的。這樣，無論讀什麼，他自己的意見總是最妥善的；那與他意見不合之處，已隨時被左眼給篩下去了。

這個小篩子是天賜的珍寶。張大哥只對天生來的優越有點驕傲，此外他是謙卑和藹的化身。凡事經小篩子一篩，永不會走到極端上去；走極端是使生命失去平衡，而要平地摔跟頭的。張大哥最不喜歡摔跟頭。他的衣裳，帽子，手套，菸斗，手杖，全是摩登人用過半年多，而頑固老還要再思索三兩個月才敢用的時候的樣式與風格。就好比一座社會的駱駝橋，張大哥的服裝打扮是叫車馬行人一看便放慢些腳步，可又不是完全停住不走。

「聽張大哥的，沒錯！」凡是張家親友要辦喜事的少有不這麼說的。彩汽車裡另放一座小轎，是張大哥的發明。用彩汽車迎娶，已是公認為可以行得通的事。不過，大姑娘一輩子沒坐過花轎，大小是個缺點。況且坐汽車須在門外下車，閒雜人等不乾不淨的都等著看新人，也不合體統，還不提什麼吉祥不吉祥。汽車裡另放小轎，沒有再好的辦法，張大哥的主意。汽車到了門口，拍，四個人搬出一頂轎屜！閒雜人等只有乾瞪眼；除非自己去結婚，無從看見新娘子的面目。這順手就是一種愛的教育，一種暗示。只有一次，在夏天，新娘子是由轎屜倒出來的，因為已經熱昏過去。所以現在就是在秋天，彩汽車上頂總備好兩個電扇，還是張大哥的發明；不經一事，不長一智。

三

假如人人有個滿意的妻子，世界上絕不會鬧共產黨；沒有共產黨自然不會鬧共妻。張大哥深信此理。革命青年一結婚，便比老鼠還老實，是個事實，張大哥於此點頗有證據。因此，在他的眼中，凡是未婚的人臉上起了幾個小紅點，或是已婚的眉頭不大舒展，必定與婚事有關，而馬上應當設法解決。不然，非出事不可！

老李這幾天眉頭不大舒展，一定大有文章。張大哥囑咐他先吃一片阿司匹靈，又告訴他吃一丸清瘟解毒。無效，老李的眉頭依然皺著。張大哥給他定了脈案——婚姻問題。

老李是鄉下人。據張大哥看，除了北平人都是鄉下老。天津，漢口，上海，連巴黎，倫敦，都算在內，通通是鄉下。張大哥知道的山是西山，對於由北山來的賣果子的都覺得有些神祕不測。最遠的旅行，他出過永定門。可是他曉得九江出磁，蘇杭出綢緞，青島是在山東，而山東人都在北平開豬肉鋪。他沒看見過海，也不希望看。世界的中心是北平。所以老李是鄉下人，因為他不是生在北平。張大哥對鄉下人特別表同情；有意離婚的多數是鄉下人，鄉間的媒人，正如山村裡的醫生，是不會十分高明的。生在鄉下多少是個不幸。

他們二位都在財政所作事。老李的學問與資格，憑良心說，都比張大哥強。可是他們坐在一處，張大哥若是像個偉人，老李還夠不上個小書記員。張大哥要是和各國公使坐在一塊兒談心，一定會說出極動人的言語，而老李見著個女招待便手足無措。老李是光緒末年那撥子姥姥不疼舅舅不愛的孩子們中的一位。說不上來為什麼那樣不起眼。張大哥在沒剪去髮辮的時候，看著幾乎像張勛那麼有福氣；剪髮以後，頭上稍微抹了點生髮油，至不濟像個銀行經理。老李，在另一方面，穿上最新式的西服會在身上打轉，好像裡面絮著二斤滾成蛋的碎棉花。剛刮淨的臉，會彷彿順著刀子冒槐子水，又澀又暗。他遞給人家帶官銜的——財政所第二科科員——名片，人家似乎得思索半天，才敢承認這是事實。他要是說他學過銀行和經濟學，人家便更注意他的臉，好像他臉上有什麼對不起銀行和經濟學的地方。

其實老李並不醜；細高身量，寬眉大眼，嘴稍過大一些，一嘴整齊白健的牙。但是，他不順眼。無論在什麼環境之下，他使人覺得不舒服。他自己似乎也知道這個，所以事事特別小心，結果是更顯著慌張。人家要是給他倒上茶來，他必定要立起來，雙手去接，好像只為灑人家一身茶，而且燙了自己的手。趕緊掏出手絹給人家擦抹，好順手碰人家鼻子一下。然後，他一語不發，直到憋急了，抓起帽子就走，一氣不定跑到哪裡去。

做起事來，他可是非常的細心。因此受累是他的事；見上司，出外差，分私錢，升官，一概沒有他的份兒。公事以外，買書看書是他的娛樂。偶爾也獨自去看一回電影。不過，設若前面或旁邊有對摩登男女在黑影中偷偷的接個吻，他能渾身一麻，站起就走，皮鞋的鐵掌專找女人的腳尖踩。

至於張大哥呢，長長的臉，並不驢臉瓜搭，笑意常把臉往扁處縱上些，而且頗有些四五十歲的人當有的肉。高鼻子，陰陽眼，大耳唇，無論在哪兒也是個富泰的人。打扮得也體面：藏青嗶嘰袍，花駝絨裡，青素緞坎肩，襟前有個小袋，插著金夾子自來水筆，向來沒沾過墨水；有時候拿出來，用白綢子手絹擦擦鋼筆尖。提著濰縣漆的金箍手杖，杖尖永沒挨過地。抽著英國銀星菸斗，一邊吸一邊用琺藍的洋火盒輕輕往下按菸葉。左手的四指上戴著金戒指，上刻著篆字姓名。袍子裡面不穿小褂，而是一件西裝的汗衫，因為最喜歡汗衫袖口那對鑲著假寶石的袖扣。張大嫂給汗衫上釘上四個口袋，於是錢包，圖章盒——永遠不能離身，好隨時往婚書上蓋章——金錶，全有了安放的地方，而且不易被小綹給扒了去。放假的日子，肩上有時候帶著個小照相匣，可是至今還沒開始照相。

沒有張大哥不愛的東西，特別是靈巧的小玩藝。中原公司，商務印書館，吳彩霞南繡店，亨得利鐘錶行等的大減價日期，他比誰也記得準確。可是，他不買日本貨。不買日貨便是盡了一切愛國的責任；誰罵賣國賊，張大哥總有參加一齊罵的資格。

他的經驗是與日用百科全書有同樣性質的。哪一界的事情，他都知道。哪一部的小官，他都作過。哪一黨的職員，他都認識；可是永不關心黨裡的宗旨與主義。無論社會國家有什麼樣的變動，他老有事作；而且一進到個機關裡，馬上成為最得人的張大哥。新同事只須提起一個人，不論是科長，司長，還是書記，他便閉死了左眼，用右眼笑著看菸斗的藍煙，誠意的聽著。等人家說完，他睜開左眼，低聲的說：「他呀，我給他作過媒。」從此，全機關的人開始知道來了位活神仙，月下老人的轉身。從此，張大哥是一邊辦公，一邊辦婚事：多數的日子是沒公事可辦，而沒有一天缺乏婚事的設計與經營。而且婚事越忙，就是有公事也不必張大哥去辦。「以婚治國，」他最忙的時候才這麼說。給他來的電話比誰的也多，而工友並不討厭他。特別是青年工友，只要伺候好了張科員大哥，準可以娶上個老婆，也許醜一點，可是兩個箱子，四個匣子的賠送，早就在媒人的天秤上放好。

張大哥這程子精神特別好，因為同事的老李「有意」離婚。

四

「老李，晚上到家裡吃個便飯。」張大哥請客無須問人家有工夫沒有，而是乾脆的命令著；可是命令得那麼親熱，使你覺得就是有天大的事也得說有工夫。

老李在什麼也沒說之中答應了。或者該說張大哥沒等老李回答而替他答應了。等著老李回答一個問題是需要時間的：只要有人問他一件事，無論什麼事，他就好像電話局司機生同時接到了好幾個要碼的，非等到逐漸把該刪去的觀念刪淨，他無法答對。你抽冷子問他今天天氣好，他能把幼年上學忘帶了書包也想起來。因此，他可是比別人想得精密，也不易忘記了事。

「早點去，老李。家常便飯，為是談一談。就說五點半吧？」張大哥不好命令到底，把末一句改為商問。

「好吧，」老李把事才聽明白。「別多弄菜！」這句說得好似極端反對人家請他吃飯，雖然原意是要客氣一些。

老李確是喜歡有人請他去談談。把該說的話都細細預備了一番；他準知道張大哥要問他什麼。只要他聽明白了，或是看透言語中的暗示，他的思想是細膩的。

整五點半，敲門。其實老李十分鐘以前就到了，可是在胡同裡轉了兩三個圈；他要是相信恪守時刻有益處，他便不但不來遲，也不早到，這才澈底。

張大哥還沒回來。張大嫂知道老李來吃飯，把他讓進去。張大哥是不能夠——不是不願意——嚴守時刻的。一天遇上三個人情，兩個放定，碰巧還陪著王太太或是李二嬸去看嫁妝，守時間是不可能的。老李曉得這個，所以不怪張大哥。可是，對張大嫂說什麼呢？沒預備和她談話！

大嫂除了不是男人，一切全和大哥差不多。張大哥知道的，大嫂也知道。大哥是媒人，她便是副媒人。語氣，連長相，都有點像張大哥，除了身量矮一些。有時候她看著像張大哥的姐姐，有時候像姑姑，及至她一說話，你才敢決定她是張太太。大嫂子的笑聲比大哥的高著一個調門。大哥一抿嘴，大嫂的唇已張開；大哥出了聲，她已把窗戶紙震得直動。大嫂子沒有陰陽眼，長得挺俏式，剪了髮，過了一個月又留起來，因為腦後沒小髻，心中覺著失去平衡。

「坐下，坐下，老李！」張大嫂稱呼人永遠和大哥一致。「大哥馬上就回來。咱們回頭吃羊肉鍋子，我去切肉。這有的是茶，瓜子，點心，你自己張羅自己，不客氣。把大衣脫了。」她把客人的話也附帶著說了，笑了兩聲，忽然止住，走出去。

老李始終沒找到一句適當的話，大嫂已經走出去。心裡舒坦了些。把大衣脫下來，找了半天地方，結果搭在自己的胳臂上。坐下，沒敢動大罈的點心，只拿起一個瓜子在手指間捻著玩。正是初冬天氣，屋中已安好洋爐，可是還沒升火，老李的手心出了汗。到朋友家去，他的汗比話來得方便的多。有時候因看朋友，他能夠治好自己的傷風。

以天氣說，還沒有吃火鍋的必要。但是迎時吃穿是生活的一種趣味。張大哥對於羊肉火鍋，打滷麵，年糕，皮袍，風鏡，放爆竹等等都要作個先知先覺。「趣味」是比「必要」更精神的。哪怕是剛有點覺得出的小風，雖然樹葉還沒很擺動，張大哥戴上了風鏡。哪怕是天上有二尺來長一塊無意義的灰雲，張大哥放下手杖，換上小傘。張大哥的家中一切布置全與這吃「前期」火鍋，與氣像預告的小傘，相合。客廳裡已擺上一盤木瓜。水仙已出了芽。張大哥是在冬臘月先賞自己晒的水仙，趕到新年再買些花窖薰開的龍爪與玉玲瓏。留聲機片，老李偷著翻了翻，都是最近出來的。不只是京戲，還有些有聲電影的歌片——為小姐們預備的。應有盡有，補足了迎時當令。地上鋪著地毯，椅子是老式硬木的——站著似乎比坐著舒服；可是誰也不敢說藍地淺粉桃花的地毯，配上硬木雕花的椅子，是不古雅樸秀的。

老李有點羨慕——幾乎近於嫉妒——張大哥。因為羨慕張大哥，進而佩服張大嫂。她去切羊肉，是的，張大哥不用僕人；遇到家中事忙，他可以借用衙門裡一個男僕。僕人不怕，而且有時候歡迎，瞎炸煙而實際不懂行的主人；乾打雷不下雨是沒有什麼作用的。可是張大哥永遠不瞎炸煙，而真懂行。他只要在街上走幾步，得，連狐皮袍帶小乾蝦米的價錢便全知道了；街上的空氣好像會跟他說話似的。沒有僕人能在張宅作長久了的。張大哥並非不公道，不體恤；正是因為公道體恤，僕人時時覺得應當跳回河或上次吊才合適。一切家事都是張大嫂的。她永遠笑得那麼響亮。老李不能不佩服她。可是，想了一會兒之後，他微微的搖頭了。不對！這樣的家庭是一種重擔。只有張大哥——常識的結晶，活物價表——才能安心樂意擔負這個，而後由擔負中強尋出一點快樂，一點由擦桌子洗碗切羊肉而來的快樂，一點使女子地位低降得不值一斤羊肉錢的快樂。張大嫂可憐！

五

張大哥回來了。手裡拿著四個大小不等的紙包，腋下夾著個大包袱。不等放下這些，設法用左手和客人握手。他的握手法是另成一格：永遠用左手，不直著與人交握，而是與人家的手成直角，像在人家的手心上診一診脈。

老李沒預備好去診張大哥的手心，來回翻了翻手，然後，沒辦法，在褲子上擦了擦手心的汗。「對不起，對不起！早來了吧？坐，坐下！我就是一天瞎忙，無事忙。坐下。有茶沒有？」

老李忙著坐下，又忙著看碗裡有茶沒有，沒說出什麼來。張大哥接著說：「我去把東西交給她，」用頭向廚房那邊點著。「就來；喝茶，別客氣！」

張大哥比他多著點什麼，老李想。什麼呢？什麼使張大哥這樣快活呢？拿著紙包上廚房，這好像和「生命」，「真理」，等等帶著刺兒的字眼離得過遠。紙包，瞎忙，廚房，都顯著平庸老實，至好也不過和手紙，被子，一樣的味道。可是，設若他自己要有機會到廚房去，他也許不反對。火光，肉味，小貓喵喵的叫。也許這就是真理，就是生命。誰知道！

「老李，」張大哥回來陪客人說話兒，「今兒個這點羊肉，你吃吧，敢保說好。連滷蝦油都是北平能買得到的最好的。我就是吃一口，沒別的毛病。我告訴你，老李，男子吃口得味的，女人穿件好衣裳，哈哈哈，」他把菸斗從牆上摘下來。

牆上一溜掛著五個菸斗。張大哥不等舊的已經不能再用才買新的，而是使到半路就買個新的來；新舊替換著用，能多用些日子。張大哥不大喜歡完全新的東西，更不喜歡完全舊的。不堪再用的菸斗，當劈柴燒有味，換洋火人家不要，真使他想不出辦法來。

老李不知道隨著主人笑好，還是不笑好；剛要張嘴，覺得不好意思，舐了舐嘴唇。他心裡還預備著等張大哥審他，可是張大哥似乎在涮羊肉到肚內以前不談身家大事。

是的，張大哥以為政府要能在國曆元旦請全國人民吃涮羊肉，哪怕是吃餃子呢，就用不著下命令禁用舊曆。肚子飽了，再提婚事，有了這兩樣，天下沒法不太平。

六

自火鍋以至蔥花沒有一件東西不是帶著喜氣的。老李向來沒吃過這麼多這麼舒服的飯。舒服，他這才佩服了張大哥的生命觀，肚子裡有油水，生命才有意義。上帝造人把肚子放在中間，生命的中心。他的口腔已被羊肉湯——漂著一層油星和綠香菜葉，好像是一碗想像的，有詩意的，什麼動植物合起來的天地精華——給沖得滑膩，言語就像要由滑車往下滾似的。

張大哥的左眼完全閉上了，右眼看著老李發燒的兩腮。

張大嫂作菜，端茶，讓客人，添湯，換筷子——老李吃高了興，把筷子掉在地上兩回——自己挑肥的吃，誇獎自己的手藝，同時並舉。作得漂亮，吃得也漂亮。大家吃完，她馬上就都搬運了走，好像長著好幾隻手，無影無形的替她收拾一切。設若她不是搬運著碟碗杯盤，老李幾乎以為她是個女神仙。

張大哥給老李一支呂宋菸，老李不曉得怎麼辦好，為透著客氣，用嘴吸著，而後在手指中夾著，專預備彈菸灰。張大哥點上菸斗，菸氣與羊肉的餘味在口中合成一種新味道，裡邊夾著點生命的笑意，彷彿是。

「老李，」張大哥叼著菸斗，由嘴的右角擠出這麼兩個字，與一些笑意，笑的紋縷走到鼻窪那溜兒便收住了。

老李預備好了，嘴中的滑車已加了油。

他的嘴唇動了。

張大哥把剛收住的笑紋又放鬆，到了眼角的附近。
老李的牙剛稍微與外面的空氣接觸，門外有人敲門，好似失了火的那麼急。
「等等，老李，我去看一眼。」
不大一會兒，他帶進一個青年婦人來。

第二

「有什麼事，坐下說，二妹妹！」張大哥命令著她，然後用菸斗指著老李，「這不是外人；說吧。」

婦人未曾說話，淚落得很流暢。

張大哥一點不著急，可是裝出著急的樣子，「說話呀，二妹，你看！」

「您的二兄弟呀，」抽了一口氣，「叫巡警給拿去了！這可怎麼好！」淚又是三串。

「為什麼呢？」

「苦水井姓張的，鬧白喉，叫他給治——」抽氣，「治死了。他以為是——我也不知道他怎麼治的；反正是治錯了。這可怎好，巡警要是槍斃他呢！」眼淚更加流暢。

「還不至有那麼大的罪過。」張大哥說。

「就是圈禁一年半載的，也受不了啊！家裡沒人沒錢，叫我怎麼好！」

老李看出來，她是個新媳婦，大概張大哥是媒人。

果然，她一邊哭，一邊說：「您是媒人，我就仗著您啦；自然您是為好，才給我說這門子親，得了，您作好就作到底吧！」

老李心裡說，「依著她的辯證法，凡作媒人的還得附帶立個收養所。」

張大哥更顯著安坦了，好像早就承認了媒人的責任並不「止」於看姑娘上了花轎或汽車。「一切都有我呢，二妹，不用著急。」他向窗外叫，「我說，你這兒來！」

張大嫂正洗傢伙，一邊擦著胡蘿蔔似的手指，一邊往屋裡來，剛一開開門，「喲，二妹妹？坐下呀！」

二妹妹一見大嫂子，眼睛又開了河。

「我說，給二妹弄點什麼吃。」張大哥發了命令。

「我吃不下去，大哥！我的心在嗓子眼裡堵著呢，還吃？」二妹妹轉向大嫂，「您瞧，大嫂子，您的二兄弟叫巡警給拿了去啦！」

「喲！」張大嫂彷彿絕對沒想到巡警可以把二兄弟拿去似的，「喲！這怎會說的！幾兒拿去的？怎麼拿去的？為什麼拿去的？」

張大哥看出來，要是由著她們的性兒說，大概一夜也說不完。他發了話：

「二妹既是不吃，也就不必讓了。二妹，他怎麼當上了醫生，不是得警區考試及格嗎？」

「是呀！他託了個人情，就考上了。從他一掛牌，我就提心吊膽，怕出了蘑菇，」二妹妹雖是著急，可是沒忘了北平的土話。「他不管什麼病，永遠下二兩石膏，這是玩的嗎？這回他一高興，下了半斤石膏，橫是下大發了。我常勸他，少下石膏，多用點金銀花：您知道他的脾氣，永遠不聽勸！」

「可是石膏價錢便宜呀！」張大嫂下了個實際的判斷。

張大哥點了點頭，不曉得是承認知道二兄弟的脾氣，還是同意夫人的意見。他問，「他托誰來著？」

「公安局的一位什麼王八羔呀——」

「王伯高，」張大哥也認識此人。

「對了；在家裡我們老叫他王八羔，」二妹妹也笑了，擠下不少眼淚來。

「好了，二妹，明天我天一亮就找王伯高去；有他，什麼都好辦。我這個媒人含忽不了！」張大哥給了二妹妹一句。「能託人情考上醫生，咱們就也能託人把他放出來。」

「那可就好了，我這先謝謝大哥大嫂子，」二妹妹的眼睛幾乎完全乾了。「可是，他出來以後還能行醫不能呢？我要是勸著他別多下石膏，也許不至再惹出禍來！」

「那是後話，以後再說。得了，您把事交給我吧；叫大嫂子給您弄點什麼吃。」

「哎！這我才有了主心骨！」

張大嫂知道，人一有了主心骨，就非吃點什麼不可。「來吧，二妹妹，咱們上廚房說話兒去，就手弄點吃的。」

二妹妹的心放寬了，胃也覺出空虛來，就棍打腿的下了臺階：「那麼，大哥就多分心吧，我和大嫂子說會子話去。」她沒看老李，可是一定是向他說的：「您這兒坐著！」

大嫂和二妹下了廚房。

二

老李把話頭忘了，心中想開了別的事：他不知是佩服張大哥好，還是恨他好。以熱心幫助人說，張大哥確是有可取之處；以他的辦法說，他確是可恨。在這種社會裡，他繼而一想，這種可恨的辦法也許就是最好的。可是，這種敷衍目下的辦法——雖然是善意的——似乎只能繼續保持社會的黑暗，而使人人樂意生活在黑暗裡；偶爾有點光明，人們還許都閉上眼，受不住呢！

張大哥笑了，「老李，你看那個小媳婦？沒出嫁的時候，真是個沒嘴的葫蘆，一句整話也說不出來；看現在，小梆子似的；剛出嫁不到一年，不到一年！到底結婚——」他沒往下說，似乎是把結婚的讚頌留給老李說。

老李沒言語，可是心裡說，「馬馬虎虎當醫生，殺人……都不值得一考慮？託人把他放出來……」

張大哥看老李沒出聲，以為他是想自己的事呢，「老李，說吧！」

「說什麼？」

「你自己的事，成天的皺著眉，那些事！」

「沒事！」老李覺得張大哥很討厭。

「不過心中覺著難過——苦悶，用個新字兒。」

「大概在這種社會裡，是個有點思想的就不能不苦悶；除了——啊——」老李的臉紅了。

「不用管我，」張大哥笑了，左眼閉成一道縫，「不過我也很明白些社會現象。可是話也得兩說著：社會黑暗所以大家苦悶，也許是大家苦悶社會才黑暗。」

老李不知道怎樣好了。張大哥所謂的「社會現象」、「黑暗」、「苦悶」，到底是什麼意思？焉知他的「黑暗」不就是「連陰天」的意思呢……「你的都是常——」老李本來是這麼想，不覺的說了出來；連頭上都出了汗。

「不錯，我的都是常識，可是離開常識，怎麼活著？吃涮羊肉不用滷蝦油，好吃？哈哈⋯⋯」

老李半天沒說出什麼來，心裡想，「常識就是文化——皮膚那麼厚的文化——的一些小毛孔。文化還不能仗著一兩個小毛孔的作用而活著。一個患肺病的，就是多長些毛孔又有什麼用呢？但是不便和張大哥說這個。他的宇宙就是這個院子，他的生命就是瞎熱鬧一回，熱鬧而沒有任何意義。不過，他不是個壞人——一個黑暗裡的小蟲，可是不咬人。」想到這裡，老李投降了。設若不和張大哥談一談，似乎對不起那麼精緻的一頓涮羊肉。常識是要緊的，他的心中笑了笑，吃完羊肉站起告辭，沒有常識！不過，為敷衍常識而丟棄了真誠，許——噢，張大哥等著我說話呢。

可不是，張大哥吸著菸，眨巴著右眼，專等他說話呢。

「我想，」老李看著膝上說，「苦悶並不是由婚姻不得意而來，而是這個婚姻制度根本就不該要！」

張大哥的菸斗離開了嘴唇！

老李仍然低著頭說，「我不想解決婚姻問題，為什麼在根本不當存在的東西上花費光陰呢？」

「共產黨！」張大哥笑著喊，心中確是不大得勁。在他的心中，共產和槍斃是一件事，而且是應當如此：共產之後便共妻，共妻便不要媒人，應當槍斃！

「這還不是共產黨，」老李還是慢慢的說，可是話語中增加了力量。「我並不想嘗嘗戀愛的滋味，我要追求的是點——詩意。家庭，社會，國家，世界，都是腳踏實地的，都沒有詩意。大多數的婦女——已婚的未婚的都算在內——是平凡的，或者比男人們更平凡一些；我要——哪怕是看看呢，一個還未被實際給教壞了的女子，情熱像一首詩，愉快像一些樂音，貞純像個天使。我大概是有點瘋狂，這點瘋狂是，假如我能認識自己，不敢浪漫而願有個夢想，看社會黑暗而希望馬上太平，知道人生的宿命而想像一個永生的樂園，不許自己迷信而願有些神祕，我的瘋狂是這些個不好形容的東西組合成的；你或者以為這全是廢話？」

「很有趣，非常有趣！」張大哥看著頭上的幾圈藍煙，練習著由煙色的深淺斷定菸葉的好壞。「不過，詩也罷，神祕也罷，我們若是能由切近的事作起，也不妨先去作一些。神祕是頂有趣的，沒事兒我還就是愛讀個劍俠小說什麼的，神祕！《火燒紅蓮寺》！可是，希望劍俠而不可得，還不如給——假如有富餘錢的話——叫花子一毛錢。詩，我也懂一些，《千家詩》，《唐詩三百首》，小時候就讀過。可是詩沒叫誰發過財，也沒叫我聰明到哪兒去。我倒以為寫筆順順溜溜的小文章更有用處；你還不能用詩寫封家信什麼的。哎？我老實不客氣的講，你是不願意解決問題，不是不能解決。因此，你把實際的問題放在一邊，同時在半夜裡胡思亂想。你心中那個婦女——」

「不是實有其人，一點詩意！」

「不管是什麼吧。哼，據我看詩意也是婦女，婦女就是婦女；你還不能用八人大轎到女家去娶詩意。簡單乾脆的說，老李，你這麼胡思亂想是危險的！你以為這很高超，其實是不硬氣。怎說不硬氣呢？有問題不想解決，半夜三更鬧詩意玩，什麼話！壯起氣來，解決問題，事實順了心，管保不再鬧玄虛，而是追求——用您個新字眼——涮羊肉了。哈哈哈！」

「你不是勸我離婚？」

「當然不是！」張大哥的左眼也瞪圓了，「愣拆七座廟，不破一門婚，況且你已娶了好幾年，一夜夫妻百日恩！離婚，什麼話！」

「那麼，怎辦呢？」

「怎辦？容易得很！回家把弟妹接來。她也許不是你理想中的人兒，可是她是你的夫人，一個真人，沒有您那些《聊齋志異》！」

「把她一接來便萬事亨通？」老李釘了一板。

「不敢說萬事亨通，反正比您這萬事不通強得多！」張大哥真想給自己喝一聲彩！「她有不懂得的地方呀，教導她。小腳啊，放。剪髮不剪髮似乎還不成什麼問題。自己的夫人自己去教，比什麼也有意味。」

「結婚還不就是開學校，張大哥？」老李要笑，沒笑出來。

「哼，還就是開學校！」張大哥也來得不弱。「先把『她』放在一邊。你不是還有兩個小孩嗎？小孩也需要教育！不愛理她呀，跟孩子們玩會兒，教他們幾個字，人，山水，土田，也怪有意思！你愛你的孩子？」

張大哥攻到大本營，老李沒話可講，無論怎樣不佩服對方的意見，他不敢說他不愛自己的小孩們。

一見老李沒言語，張大哥就熱打鐵，趕緊出了辦法：

「老李，你只須下鄉走一遭，其餘的全交給我啦！租房子，預備家具，全有我呢。你要是說不便多花錢，咱們有簡便的辦法：我先借給你點木器；萬一她真不能改造呢，再把她送回去，我再把東西拉回來。絕不會瞎花許多錢。我看，她絕不能那麼不堪造就，沒有年青的婦女不願和丈夫在一塊的；她既來了，你說東她就不能說西。不過，為事情活便起見，先和她說好了，這是到北平來玩幾天，幾時有必要，就把她送回去。事要往長裡看，話可得活說著。聽你張大哥的，老李！我辦婚事辦多了，我準知道天下沒有不可造就的婦女。況且，你有小孩，小孩就是活神仙，比你那點詩意還神妙的多。小孩的哭聲都能使你聽著痛快；家裡有個病孩子也比老光棍的心裡歡喜。你打算都買什麼？來，開個單子；錢，我先給墊上。」

老李知道張大哥的厲害：他自己要說應買什麼，自然便是完全投降；設若不說話，張大哥明天就能硬給買一車東西來；他要是不收這一車東西，張大哥能親自下鄉把李太太接來。張大哥的熱心是無限的，能力是無限的；只要吃了他的涮羊肉，他叫你娶一頭黃牛，也得算著！

老李急得直出汗，只能說：「我再想想！」

「幹嘛『再』想想啊？早晚還不是這麼回事！」

老李從月亮上落在黑土道上！從詩意一降而為接家眷！自己打自己的嘴巴！就以接家眷說吧，還有許多實際上的問題；可是把這些提出討論分明是連「再想想」也取銷了！

可是從另一方面想，老李急得不能不從另一方面想了：生命也許就是這樣，多一分經驗便少一分幻想，以實際的愉快平衡實際的痛苦……小孩，是的，張大哥曉得癢癢肉在哪兒。老李確是有時候想摸一摸自己兒女的小手，親一親那滾熱的臉蛋。小孩，小孩把女性的尊嚴給提高了。

老李不言語，張大哥認為這是無條件的投降。

三

設若老李在廚房裡，他要命也不會投降。這並不是說廚房裡不熱鬧。張大嫂和二妹妹把家常事說得異常複雜而有趣。丁二爺也在那裡陪著二妹妹打掃殘餘的，不大精緻的羊肉片。他是一言不發，可是吃得很英勇。

丁二爺的地位很難規定。他不是僕人，可是當張家夫婦都出門的時候，他管看家與添火。在張大哥眼中，他是個「例外」——一個男人，沒家沒業，在親戚家住著！可是從張家的利益上看，丁二爺還是個少不了的人！既不願用僕人，而夫婦又有時候不能不一齊出門，找個白吃飯而肯負責看家的人有事實上的必要。從丁二爺看呢，張大哥若是不收留他，也許他還能活著，不過不十分有把握，可也不十分憂慮這一層。

丁二爺白吃張家，另有一些白吃他的——一些小黃鳥。他的小鳥無須到街上去溜，好像有點小米吃便很知足。在張家夫婦都出了門的時候，他提著牠們——都在一個大籠子裡——在院中溜彎兒。牠們在鳥的世界中，大概也是些「例外」：禿尾巴的，爛眼邊的，項上缺著一塊毛的，破翅膀的，個個有點特色，而這些特色使牠們只能在丁二爺手下得個地位。

丁二爺吃完了飯，回到自己屋中和小鳥們閒談。花和尚，插翅虎，豹子頭……他就著每個小鳥的特色起了鮮明的名字。他自居及時雨宋江，小屋裡時常開著英雄會。

他走了，二妹妹幫著張大嫂收拾傢伙。

「秀真還在學校裡住哪？」二妹妹一邊擦筷子一邊問。秀真是張大嫂的女兒。

「可不是：別提啦，二妹妹，這年頭養女兒才麻煩呢！」花——一壺開水倒在綠盆裡。

「您這還不是造化，有兒有女，大哥又這麼能事：吃的喝的用的要什麼有什麼！」

「話雖是這麼說呀，二妹妹，一家有一家的難處。看你大哥那麼精明，其實全是——這就是咱們姐兒倆這麼說——瞎掰！兒子，他管不了；女兒，他管不了；一天到晚老是應酬親友，我一個人是苦核兒。買也是我，作也是我，兒子不回家，女兒住學校，事情全交給我一個人，我好像是大家的總打雜兒的，而且是應當應分！有吃有喝有穿有戴，不錯：可是誰知道我還不如一個老媽子！」張大嫂還是笑著，可是腮上露出些紅斑。「當老媽子的有個輾轉騰挪，得歇會兒就歇會兒；我，這一家子的事全是我的！從早到晚手腳不識閒。提起您大哥來，那點狗脾氣，說來就來！在外面，他比子孫娘娘還溫和：回到家，從什麼地方來的怒氣全衝著我發散！」她嘆了一口長氣。「可是呀，這又說回來啦，誰叫咱們是女人呢：女人天生的倒楣就結了！好處全是男人的，壞處全是咱們當老娘們的，認命！」由悲觀改為聽其自然，張大嫂慘然一笑。

「您可真是不容易，大嫂子。我就常說：像您這樣的人真算少有，說洗就洗，說作就作，買東道西，什麼全成——」

張大嫂點了點頭，心中似乎痛快了些。二妹妹接著說，「我多咱要能趕上您一半兒，也就好了！」

「二妹妹，別這麼說，您那點家事也不是個二五眼能了得了的。」張大嫂覺得非這麼誇獎二妹妹不可了。「二兄弟一月也抓幾十塊呀？」

「哪摸準兒去！親友大半是不給錢，到節啦年啦的送點茶葉什麼的：家裡時常的茶葉比白麵多，可是光喝不吃還不行！幹什麼也別當大夫：看好了病，不定給錢不給；看錯了，得，砸匾！我一天到晚提心吊膽，有時候真覺著活著和死了都不大吃勁！」二妹妹也嘆了口長氣。「我就是看著人家新面上的姑娘小媳婦們還有點意思，一天到晚，走走逛逛，針也不拿，線也不動，打扮得花枝招展的！」

「哼！」張大嫂接過去了，「白天走走逛逛，夜裡挨揍的有的是！婦女就是不嫁人好——」

二妹妹又接過來：「老姑娘可又看著花轎眼饞呢！」

「哎！」兩位婦人同聲一嘆。一時難以繼續討論。二妹妹在爐上烤了烤手。

待了半天，二妹妹打破寂默，「大嫂子，天真還沒定親事哪？」

「那個老東西，」張大嫂的頭向書房那邊一歪，「一天到晚給別人家的兒女張羅親事，可就是不管自己的兒女！」

「也別說，讀書識字的小人們也確是難管，這個年頭。哪都像咱們這麼傻老呢。」

「我就不信一個作父親的管不了兒子，我就不信！」張大嫂確是掛了氣。「二妹妹你大概也看見過，太僕寺街齊家的大姑娘，模樣是模樣，活計是活計，又識文斷字，又不瘋野，我一跟他說，喝！他的話可多了！又是什麼人家是作買賣的咧，又是姑娘臉上雀斑多咧！哪個姑娘臉上沒雀斑呀？擦厚著點粉不就全蓋上了嗎？我娶兒媳婦要的是人，誰管雀斑呢！外國洋妞臉上也不能一順兒白！我提一回，他駁一回；現在，人家嫁了個團長，成天嗚嗚的坐著汽車；有雀斑敢情要坐汽車也一樣的坐呀！」

二妹妹乘著大嫂喘氣，補上一句：「我臉上雀斑倒少呢，那天差點兒叫汽車給軋在底下！」

「齊家這個讓他給耽誤了，又提了家姓王的，姑娘瘋得厲害，聽說一天到晚釘在東安市場，頭髮燙得像捲毛雞，夏天講究不穿襪子。我一聽，不用費話，不要！我不能往家裡娶捲毛雞，不能！您大哥的話又多了，說人家有錢有勢，定下這門子親，天真畢業後不愁沒事情作。可是，及至天真回來和爸爸說了三言五語，這回事又幹鏟兒不提啦。」

「天真說什麼來著呢？」二妹妹問。

「敞開兒是糊塗話，他說，非畢業後不定婚，又是什麼要定婚也不必父親分心——」

「自由婚！」二妹妹似乎比大嫂更能扼要的形容。

「就是，自由，什麼都自由，就是作媽媽的不自由：一天到晚，一年到頭，老做飯，老洗衣裳，老擦桌椅板凳！那個老東西，聽了兒子的，一聲也沒出，只叭唧叭唧的咂他的菸袋；好像他是吃著兒子，不是兒子吃著爸爸。我可氣了，可不是說我願意要那個捲毛雞；我氣的是兒子老自由，媽媽永遠使不上兒媳婦。好啦，我什麼也沒說，站起來就回了娘家；心裡說，你們自由哇，我老太太也休息幾天去！飯沒人作呀，活該！」張大嫂一「活該」，差點兒把頭後的小髻給震散了。

「是得給他們一手兒看看！」二妹妹十二分表同情。

可是，張大嫂又慘笑了一下，「雖然這麼說不是，我只走了半天，到底捨不得這個破家：又怕火滅了，又怕丁二爺費了劈柴，唉！自己的家就像自己的兒子，怎麼不好也舍不的，一天也舍不的，我沒那個狠心。再說，老姑奶奶了，回娘家也不受人歡迎！」

「到如今婚事還是沒定？」

張大嫂搖搖頭，搖出無限的傷心。

「秀真呢？」

「那個丫頭電影，比誰也壞！入了高中了，哭天喊地非搬到學校去住不可。腦袋上也燙得捲毛雞似的！可是，那個小旁影，唉，真好看！小蘋果臉，上面蓬蓬著黑頭髮；也別說，新打扮要是長得俊，也好看。你大哥不管她，我如何管得了。按說十八九的姑娘了，也該提人家了，可是你大哥不肯撒手。自然哪，誰的鮮花似的女兒誰不愛，可是——唉！不用說了；我手心裡老捏著把涼汗！多咱她一回來，我才放心，一塊石頭落了地。可是，只要一回來，不是買絲襪子，就是鬧皮鞋；一個駁回，立刻眉毛挑起一尺多高！一說生兒養女，把老心使碎了，他們一點也不知情！」

「可是，不為兒女，咱們奔的是什麼呢？」二妹說了極聖明的話。

「唉！」張大嫂又嘆了口氣，似乎是悲傷，又似乎是得了些安慰。

話轉了方向，張大嫂開始盤問二妹妹了。

「妹妹，還沒有喜哪？」

二妹妹迎頭嘆了口氣……眼圈紅了……

二妹妹含著淚走了，「大嫂，千萬求大哥多分點心！」

四

回到公寓，老李連大衣也沒脫便躺在床上，枕著雙手，向天花板發愣。

詩意也罷，實際也罷，他被張大哥打敗。被戰敗的原因，不在思想上，也不在口才上，而是在他自己不準知道自己，這叫他覺著自己沒有任何的價值與份量！他應當是個哲學家，應當是個革命家，可是恍忽不定；他不應當是個小官，不應當是老老實實的家長，可是恍忽不定。到底——噢，沒有到底，一切恍忽不定！

把她接來？要命！那雙腳，那一對紅褲子綠襖的小孩！

這似乎不是最要緊的問題；可是只有這麼想還比較的具體一些，心裡覺得難受，而難受又沒有一定的因由。他不敢再去捉弄那漫無邊際的理想，理想使他難受得渺茫，像個隨時變化而永遠陰慘的夢。

離婚是不可能的，他告訴自己。父母不容許，怎肯去傷老人們的心。可是，天下哪有完全不自私的愉快呢，除非世界完全改了樣子。小資產階級的倫理觀念，和世上樂園的實現，相距著多少世紀？老李，他自己審問自己，你在哪兒站著呢？恍忽！

腳並不是她自己裹的，綠褲子也不是她發明的，不怨她，一點也不怨她！可是，難道怨我？可憐她好，還是自憐好？哼，情感似乎不應當在理智的傘下走，遮去那溫暖的陽光。恍忽！

沒有辦法。我在城裡忍著，她在鄉間忍著，眼不見心不煩，只有這一條不是辦法的辦法；可是，到底還不是辦法！

管她呢，能耗一天便耗一天，老婆到底不是張大哥的！

拿起本書來，看了半天，不曉得看的是哪本。去洗個澡？買點水果？借《大公報》看看？始終沒動。再看書，書上的字恍忽，意思渺茫。

焉知她不能改造？為何太沒有勇氣？

沒法改造！要是能改造，早把我自己改造了！前面一堵牆，推開它，那面是荒山野水，可是雄偉遼闊。不敢去推，恐怕那未經人吸過的空氣有毒！後面一堵牆，推開它，那面是床帷桌椅，爐火茶煙。不敢去推，恐怕那汙濁的空氣有毒！站在這兒吧，兩牆之間站著個夢裡的人！

二號房裡來了客人，說笑得非常熱鬧，老李驚醒過來，聽著人家說笑，覺得自己寂寞。

小孩們的教育？應當替社會養起些體面的孩子來！

他要摸摸那四隻小手，四隻胖，軟，熱，有些香蕉糖味的小手。手背上有些小肉窩，小指甲向上翻翻著。

就是走桃花運，肥豬送上門來，我也捨不得那兩個孩子！老李告訴他自己。

她？老李閉上了眼。她似乎只是孩子的媽。她怎樣笑？想不起。她會做飯，受累……

二號似乎還有個女子的聲音。鼓掌了；一男一女合唱起來。自己的妻子呢，只會趕小雞，叫豬，和大聲嚇喝孩子。還會撒村罵街呢！

非自己擔起教育兒女的責任不可，不然對不起孩子們。

還不能只接小孩，不接大人？

越想越沒有頭緒。「這是生命呢？還是向生命致歉來了呢？」他問自己。

他的每一思念，每一行為，都帶著註腳：不要落伍！可是同時他又要問：這是否正當？拿什麼作正當與不正當的標準？還不是「詩云」、「子曰」？他的行為——合乎良心的——必須向新思想道歉。他的思想——合乎時代的——必須向那個鬼影兒道歉。生命是個兩截的，正像他妻子那雙改組腳。

老李不敢再想了；張大哥是聖人。張大哥的生命是個完整的。

第三

第三

一

太陽還沒出來，天上浮著層灰冷的光。土道上的車轍有些霜跡。駱駝的背上與項上掛著些白穗，鼻子冒著白氣。北平似乎改了樣兒，連最熟的路也看著眼生。龐大，安靜，冷峭，馴順，正像那連腳步聲也沒有的駱駝。老李打了個哈欠，眼淚下來許多，冷氣一直襲入胸中，特別的痛快。越走越亮了，青亮的電燈漸漸的只剩一些金絲了。天上的灰光染上些無力的紅色；太陽似乎不大願意痛快的出來。及至出來，光還是很淡，連地上的影子都不大分明。遠處有電車的鈴響。街上的人漸漸多起來。人們好似能引起太陽的熱力，地上的影兒明顯了許多，牆角上的光特別的亮。

換火柴的婦女背著大筐，筐雖是空的，也還往前探著身兒走。窮小孩們扛著喪事旗傘的竿子，一邊踏拉著破鞋疾走，一邊互相叫罵。這也是孩子！老李對自己說：看那個小的，至多也不過八歲，一身的破布沒有一塊夠二寸的，腿肚子，腳指頭，全在外邊露著。髒，破爛，罵人罵得特別的響亮。這也是孩子！老李可憐那個孩子，同時，不知道咒罵誰才好；家庭，社會，似乎都該罵。可是罵一陣有什麼用呢？往切近一點想吧——心中極不安的又要向誰道歉似的——先管自己的兒女吧。

走到了中海。「海」中已薄薄的凍了一層冰，灰綠上罩著層亮光。橋下一些枯荷梗與短葦都凍在冰裡，還有半個破荷葉很像長鏽的一片馬合鐵。

迎頭來了一乘彩轎，走得很快，一望而知是到鄉下迎娶的，所以發轎這麼早。老李呆呆的看著那乘喜轎：神祕，奇怪，可笑。可是，這就是真實；不然，人們不會還這麼敬重這加大的鳥籠似的玩藝。他心似乎有了些骨力。坐彩轎的姑娘大概非常的驕傲，不向任何人致歉？

他一直走到西四牌樓：一點沒有上這裡來的必要與預計，可是就那麼來到了。在北平住了這麼些年了，就沒在清晨到過這裡。豬肉，羊肉，牛肉；雞，活的死的；魚，死的活的；各樣的菜蔬；豬血與蔥皮凍在地上；多少多少條鱔魚與泥鰍在一汪兒水裡亂擠，頭上頂著些冰凌，泥鰍的眼睛像要給誰催眠似的瞪著。亂，腥臭，熱鬧；魚攤旁邊吆喝著腿帶子：「帶子帶子，買好帶子。」剃頭的人們還沒來，小白布棚已支好，有人正掃昨天剃下的短硬帶泥的頭髮。拔了毛的雞與活雞緊鄰的放著，活著的還在籠內爭吵與打鳴兒。販子掏出一隻來，嘎——啊，嘎——沒打好價錢，拍的一扔，扔在籠內，半個翅膀掩在籠蓋下，嘎！一隻大瘦狗偷了一掛豬腸，往東跑，被屠戶截住，腸子掉在土上，拾起來，照舊掛在鐵鉤上。廣東人，北平人，上海人，各處的人，老幼男女，都在這腥臭汙亂的一塊地方擠來擠去。人的生活，在這裡，是屠殺，血肉，與汙濁。肚子是一切，吞食了整個世界的肚子！在這裡，沒有半點任何理想；這是肚子的天國。奇怪。尤其是婦女們，頭還沒梳，臉上掛著隔夜的泥與粉；誰知道下午上東安市場的也是她們？

老李這是頭一次來觀光，驚異，有趣，使他似乎抓到了些真實。這是生命，吃，什麼也吃；人確是為麵包而生。麵包的不平等是根本的不平等。什麼詩意，瞎扯！為保護自家的麵包而餓殺別人，和為爭麵包而戰爭，都是必要的。西四牌樓是世界的雛形。那群男女都認識這個地方，他們是真活著呢。為肚子活著，不為別的；張大哥對了。為肚子而戰爭是最切實的革命，也對了。只有老李不對：他在公寓住慣了，他總以為公寓裡會產生炒木犀肉與豆腐湯。他以為封建制度是浪漫的史蹟，他以為階級戰爭是條詩意的道路。他不曉得這塊帶腥味的土是比整個的北平還重要。他只有兩條路可走：去空洞的作夢，或切實的活著。後者還可以再分一下：為抓自己的麵包活著，或為大眾爭麵包活著。他要是能在二者之中選定一條，他從此可以不再向生命道歉。

牌樓底下，熱豆漿，杏仁茶，棗兒切糕，麵茶，大麥粥，都冒著熱氣，都有股特別的味道。切糕上的豆兒，切開後，像一排魚眼睛，看著人們來吃。

老李立在那裡，喝了碗豆漿。

二

老李決定了接家眷，先「這麼」活著試試。可是始終想不起什麼時候下鄉去。

張大哥每天早晨必定報告一些消息：「房子定好了；看看去？」

「何必看；您的眼睛不比我的有準？」老李把感激的話總說得不受聽了。

好在張大哥明白老李的為人，因而不但不惱，反覺得可以自傲。

「三張桌子，六把椅子，一個榆木擦漆的——漆皮稍微有些不大好看了——衣櫥；暫時可以對付了吧？」第二天早晨的報告。

老李只好點頭，表示可以對付。

及至張大哥報告到茶壺茶碗也預備齊了，老李覺得非下鄉不可了。

張大哥給他出主意，請了五天假。臨走的時候，老李囑咐張大哥千萬別向同事的說這個事，張大哥答應了絕不走露消息。

老李從後門繞到正陽門，想給父母買些北平特有的東西，這個自然不好意思再向張大哥要主意，只好自己去探險。走了一身透汗，什麼也沒買，最大的原因是看著鋪子們眼生，既不能扼要的決定買什麼，又好像怕鋪子們不喜歡他的照顧，一進去也許有被咬了一口的危險。最後，還是在東安市場買了些果子，雖然明知道香蕉什麼的並不是北平的出產。又添了六個罐頭，商標的彩紙印得還怪好看的。

三

老李走後的第二天，衙門裡的同事幾乎全知道了：李太太快來了。

張大哥確是沒有洩露消息。

消息廣播的總站是趙科員。趙科員聽戲永遠拿著紅票；凡是發紅票的時候，他不是第一也是第二得到幾張。運動會給職員預備的秩序單，他手裡總會有一份。上運動會，或任何會場，聽戲，趙科員手裡永遠拿著個紙卷，用作打熟人腦袋的兵器。打了人家的腦袋，然後，「你也來啦？」

他對於別人的太太極為關心。接家眷，據他看，就是個人的展覽會；雖然不發入場券，可是他必是頭一個「去瞧一眼」的。女運動員，女招待，女戲子等等都是預備著為他「瞧」的，別無意義。對於別人的夫人也是這樣。瞧一眼去便是瞧人家的臉，脖子，手，腳，與一切可以被生人看見的地方。他作夢的時候，女子全是裸體的。經趙科員看了一眼之後，衙門中便添上多少多少新而有趣的談話資料。

趙科員等著老李接家眷已經等得不耐煩了。平日他評論婦女的時候，老李永不像別人那樣痛痛快快的笑，那就是說不能盡量欣賞，所以他一心的盼望瞧老李一手兒。

趙科員的長相與舉動，和白聽戲的紅票差不多，有實際上的用處，而沒有分毫的價值。因此，耳目口鼻都沒有一定地位的必要，事實上，他說話的時節五官也確隨便挪動位置。眼珠像倆炒豆似的，滿臉上蹦。笑的時候，小尖下巴能和腦門挨上。他自己覺得他很漂亮，這個自然是旁人不便干涉的。他的言語很能叫別人開心，他以為這是點天才。當著老王，他拿老李開心；當著老李，他拿老王開心。當著老王老李，拿老孫開心；實在沒法子的時候，利用想像，拿莫須有先生開心。

「老李接『人兒』去了！」趙科員的眼睛擠得像一口熱湯燙了嗓子那樣。

「是嗎？」大家的耳朵全豎起來。

「是嗎！請了五天假，五天——」

「五天？平日他連遲到早退都沒有過！」

「可就是呀！等瞧一眼吧！」趙科員心裡癢了一下，頭髮根全直刺鬧的慌。

「小趙，你這回要是不跟我們一塊兒去，留神你的皮，不剝了你的！」邱先生說。

「趙，你饒了人家老李吧，何苦呢，人家怪老實的！」吳先生沈著氣說。

吳先生直著腰板，飯碗大的拳頭握著枝羊毫，寫著醬肘子體的字，臉上通紅，心中一團正氣。是的，吳先生是以正直自誇的，非常的正直，甚至於把自己不正直的行為也視為正直。小趙是他的親戚，他的位置是小趙給運動的，可是沒把小趙放在眼裡，因為自己正直。前者因為要納妾，被小趙擴大的宣傳，弄到吳太太耳中，差點沒給吳先生的耳朵咬下一個來，所以更看不起小趙。小趙也確是有些怕吳先生：那一對拳頭！

趙科員不言語了，心中盤算好怎樣等老李回來，怎樣暗中跟著他，看他在哪裡住，而後怎樣約會同事的們——不要老吳，而且先瞪他一眼——去瞧一眼，或者應說去打個茶圍。

邱先生是個好人，不過有點苦悶，所以對此事特別的熱心，過來和小趙嘀咕：「大家合夥買二斤茶葉，瞧她一眼，還弄老李一頓飯吃；你的司令。」

吳先生把這個事告訴了張大哥。張大哥笑了一笑。沒說什麼。張大哥熱心為朋友辦事是真的，但是為朋友而得罪另一朋友，不便。張大哥冬季的幾噸煤是由小趙假公濟私運來的——一噸可以省著三四塊錢——似乎不必得罪小趙。即使得罪了小趙，除了少燒幾噸便宜煤，也倒沒多大的關係；可是得罪人到底是得罪人，況且便宜煤到底是便宜煤。

四

不過，不得罪小趙是一件事，為老李預備一切又是一件事。張大哥又到給老李租好的房子看了一番。房子是在磚塔胡同，離電車站近，離市場近，而胡同裡又比兵馬司和豐盛胡同清靜一些，比大院胡同整齊一些，最宜於住家——指著科員們說。三合房，老李住北房五間，東西屋另有人住。新房，油飾得出色，就是天生來的房頂愛漏水。張大哥曉得自從女子剪髮以後，北平的新房都有漏水的天性，所以一租房的時候，就先向這肉嫩的地方指了一刀，結果是減少了兩塊錢的房租；

每月省兩元，自然可以與下雨在屋裡打傘的勞苦相抵；況且漏水與塌房還相距甚遠，不必過慮。

張大哥到屋裡又看了一遍。屋裡有點發黴味。遍地是爛紙，破襪子，還有兩個舊油簍，和四五個美麗菸的空筒——都沒有蓋，好像幾隻大眼睛替房東看著房。窗戶在秋天並沒糊過，只把冷布的紙簾好歹的黏上。玻璃上抹著各樣的黑道，紙棚上好幾個窟窿，有一兩處垂著紙片，似乎與地上的爛紙遙相呼應。張大哥心中有點不痛快，並不是要責備由這個屋裡搬走的人們，而是想起自己那兩處吃租的小房——人們搬家的時候也是這樣毀壞，租房住的人和老鼠似乎是親戚！

窗戶當然要重新糊過；棚？似乎不必管。牆上不少照片與對聯的痕跡，四圍灰黃，整整齊齊的幾個方的與長的白印兒；也不必管，老李還能沒些照片與對聯？照原來的白印兒掛上就行。張大哥以為沒有照片與對聯的不能算作「文明」人。

把這些計劃好，張大哥立在當中的那一間，左右一打眼，心中立刻浮出個具體的設計：當中作客廳，一張八仙桌，四把椅子。東西兩間每間一張桌，一把椅；太少點！暫時將就吧；不，客廳也來兩把椅子吧。東間作書房，啊，沒有書架子呀！老李是愛買書的人——傻瓜！每月把書費省下，有幾年的工夫能買一處小房，信不信？還得給他去弄個書架子！西間放那個衣櫥。東西套間：一間臥室，一間廚房；床是有了，廚房還短著案子。

還顯著太簡單！科員的家裡是簡單不得的！不過，掛上些照片與對聯也許稍微好些；況且堂屋還得安洋爐子。張大哥立刻看看後檐牆有出洋爐煙管子的圓孔沒有。有個碟子大的圓洞，糊著張紙，四圍有些煙跡，像被黑雲遮住的月亮。心中平安了許多：冬天不用洋爐子，不「文明」！

計劃好一切，終於覺得東西太少。可是，雖然同是科員，老李究竟是鄉下人，這便又差一事了；鄉下人還懂得哪叫四襯，哪叫八穩？有好桌子也是讓那對鄉下孩子給抹個亂七八糟。好了，只須去找裱糊匠來糊窗子，和打掃打掃地上。得，就是它！

張大哥出來，從新端詳了街門一番。不錯，小洋式門，上面有兩個洋灰堆成的獅子，雖然不十分像獅子，可是有幾分像哈吧狗呢，就算手藝不錯。兩獅之間，有個碟子大小的八卦。獅子與八卦聯合起來，力量頗足以抵得住一對門神爺。張大哥很滿意。「文明」房必須有洋式門，門上必須有洋灰獅子；況且還有八卦！

張大哥馬上去找裱糊匠，熟人，不用講價錢；或者應說裱糊匠不用講價錢，因為張大哥沒等他張嘴，已把價錢定好。作也得作，不作也得作，糊窗戶是苦買賣，可是裱糊喜棚呢，糊冥衣呢，不能不拉這些生意。凡是張大哥為媒的婚事，自然張大哥也給介紹裱糊匠；不幸新娘或新郎不等白頭到老便死去一位呢，張大哥少不了又給張羅糊冥衣——裱糊匠是在張大哥手心裡呢！說好了怎樣糊窗戶，張大哥就手打聽金銀箔現在賣多少錢一刀，和紙人的粉臉長了價錢沒有。張大哥對事事要有個底稿，用不著不要緊，備而不用，切莫用而不備。

五點多了，張大哥必須回家了。到四牌樓買了隻醬雞，回家請夫人。心裡想：那條棉褲她大概快給作成了，總得買隻雞犒勞犒勞她。其實，她要是會打毛繩褲子，還真用不著作棉的；趕明兒請孫太太來教教她。一條毛繩褲，買，得七八塊錢；自己打的，兩磅繩子——不，用不了，一磅半足夠；就說兩磅吧，兩塊八加兩塊八，五塊六。省小三塊子！請孫太太教教她，反正我上衙門，她沒事作，閒著也是閒著。叫太太閒著，不近情理。老夫老妻的，總得叫太太多學本事。張大哥看了看手中的荷葉包：醬雞個子真不小，女兒也不回來！一家子吃也不至於不夠。

女兒十八了，該定親了。出了高中入大學，一點用處沒有，只是費錢。還有二年畢業，二十；四年大學，二十四；再作二年事——大學畢業不作二年事對不起那些學費——二十六。二十六！姑娘就別過二十五！過了二十五，天好，沒人要，除非給續弦！趕緊選個小人兒，高中一畢業，去她的，別耍玄虛！

兒子，兒子是塊心病！

看見一挑子鮮花，晚菊，老來少，番椒……張大哥把兒子忘了，用半閉著的那隻眼輕輕瞭了一下。要買便宜東西，絕不能瞪著眼直撲過去，像東安市場裡穿洋服拉著女朋友的那些大爺那樣。總得虛虛實實，瞭一眼。賣花的恰巧在這一瞭的工夫，捉住張大哥的眼。張大哥拉線似的把眼光收到手中的醬雞上，走了過去。

兒子是塊心病！

第四

一

老李怎麼把夫人，一對小孩，鋪蓋卷，尿墊子，四個網籃，大小七個布包，兩把雨傘，一簍家醃的芥菜頭，半罈子新小米，全一股作氣運來，至今還是個謎。他好像是下了決心接家眷，所以凡是夫人捨不得的物件全搬了來；往常他買過了三件小東西就覺得有丟失一件的可能。

他請了五天假，第三天上就由鄉間拔了營，為是到北平之後，好有一天的工夫布置一切，不必另請假。

由張大哥那裡把桌椅搬運了來，張大哥非到四點後不能來，所以丁二爺自告奮勇來幫忙。丁二爺的幫忙限於看孩子。丁二爺的看孩子是專門擋路礙事添麻煩。老李要往東間裡放桌子，丁二爺和兩個孩子恰好在最宜放桌子那塊玩呢；老李抓了抓頭髮，往西間去，丁二爺率領二位副將急忙趕到。老李找錘子，無論如何也找不到，丁二爺拿著呢。

忙了一天，兩把傘還在院裡扔著，小米灑了一地，四個網籃全打開了，東西以極新穎的排列法陳列在地上，沒有一件得到相當的立身所在，而且生命非常的不安全：老李踩碎一個針盒，李太太被切菜墩絆倒兩次，壓癟了無數可以癟的東西，博得丁二爺與孩子們的一片彩聲。

還不到四點鐘，張大哥來了。把左眼稍微一睜，四籃的東西已大半有了地位，用手左右指了指，地上已經看不見什麼，連灑出來的小米全又回了罈子。

全布置好了，沒有相片和對聯！張大哥對老李有些失望。再看，新糊的窗子被丁二爺戳了個窟窿。不怪張大哥看不起他們。

「老李，明天上我那兒取幾張風景畫片，一付對聯，一個中堂，好在都沒上款。」

老李看了看牆上，才發現了黑白分明不大好看，「糊一糊好了。」他說。

「知道能住多少日子呀，白給人家糊？況且糊牆就得糊頂棚，你還不能四白落地，可是上邊懸著塊黑膏藥。再說，一裱糊，又是天翻地覆，東西都得挪動。」張大哥點上了菸斗。

一聽又要天翻地覆，老李覺得糊牆一定是罪孽深重，只好點了點頭，意思是明天去取那沒上款的對聯。

張大哥走了。

他走後，老李才想起來了，也沒讓他吃飯！飯在哪兒呢？可是，退一步說，茶總該沏一壺吧！看了看堂屋，方桌上一把壺六個碗，在個磁盤上放著，好像專等有人來沏茶似的。誰當沏茶去？假如這是在張大哥家裡？誰應當張羅客人喝茶？老李的眉頭皺上了。他剛一皺眉，丁二爺也告辭；孩子們拉住丁二爺的手，不許他走。

「在這兒吃飯，媽會作棗兒窩窩！」男孩兒說。

「棗兒喏喏！」女孩跟著哥哥學，話還說得不大便利。

老李一邊往外送客，一邊心裡說：「大人還不如小孩子懂事呢！」繼而一想，「弄些客套又有什麼意義呢？」心中這麼想，把丁二爺忘了。客人走出老遠，他才想起，「啊，丁二爺呢？」

二

李太太不難看。臉上挺乾淨，眉眼也端正。嘴不大愛閉上，呼吸帶著點響聲，大牙板。身子橫寬，棉袍又肥了些，顯著遲笨。一雙前後頂著棉花的改造腳，走路只見胳臂動，不見身體往前挪；有時猛的倒退半步，大概是腳踵設法找那些棉花呢。坐下的時候確不難看。新學會的鞠躬：腰板挺著，兩手貼垂，忽然一個整勁往前一栽：十分的鄭重，只是略帶點危險性。

她給丁二爺鞠了躬，給張大哥鞠了躬，心裡覺得不十分自然，可是也有點高興。張大哥說「好在還不冷」的時候，她答了句「還沒到立冬」，也非常的漂亮而恰當。

屋子大概的布置好了，她一手扶著椅子背，四下打了一眼，不錯，只是太空！可是，空得另有一種可喜的味道。這一切是她的！除了丈夫就屬她大，沒有公婆管著，小姑子看著。況且，這是北平！北平未見得比鄉下「好」，可是，一定比鄉下「高」。

老李的眉頭還皺著呢，看了她一眼，要說：「不會沏點茶呀？」可是管住了自己，改為：「倒壺茶。」跟她說，連「沏」還得改成「倒」！

「我還真忘了，真！」李太太笑了，把牙全露出來。「茶葉呢？」這句好像是問全北平呢，聲音非常的高。

「小點聲！」老李說，把「這兒不是鄉下，屋裡說話，村外都得聽見！」嚥了回去。

她似乎為抵銷大嗓說話的罪過，居然把茶葉找到。「還忘了呢，沒水！」為找到茶葉把大嗓的罪過又犯了。

「你小點聲！」老李咬著牙說，眉頭皺得像座小山。

她拿著茶壺在屋裡轉了半個圈，因腳下的棉花又發生了變化，所以沒有轉圓。「我上街坊屋借一壺開水去？」

他搖頭。不行，還得告訴她：「這兒不比鄉下，不許隨便用人家的東西。」

「媽，吃飯飯！」小妞子過來拉住媽媽的手。

媽媽抱起孩子來，眼圈紅了。在鄉下，這時候孩子就該睡了；在這兒，臭北平！這個不准，那個不行，孩子到這咱晚還沒吃飯！屋子是空的，沒有順山大炕，沒有箱子，沒有水，看哪兒都發生，找什麼也不順手，丈夫皺著眉！一百個北平也比不上鄉下！

「爸，還不吃飯？」男孩用拳頭打了老李一下。

老李看了看兩個孩子，眉頭上那座小山化了。「爸給你們買吃的去，」然後把小拳頭放在自己的手掌上，「這兒呀，方便極了，一會兒我都能買來，買——」他看了太太一眼，「買什麼？」

太太沒言語，臉上代她說，「我知道你們的北平有什麼！」

「爸，買點落花生，大海棠果。」

「爸，菱吃發生！」小妞子說。

老李笑了，要回答他們幾句，沒找到話，披上大衣上了街。

三

街上東西是很多，老李可想不出買什麼好。街西一個舊書攤，賣書的老人正往筐中收拾《茶花女》，《老殘游記》，和光緒三十二年的頭版《格致講義》。老李看了看，搭訕著走開：邁了兩步又回頭看看賣書的——正忙著收攤，似乎沒有理會到老李的存在。老李開始注意羊肉床子旁邊的芝麻醬燒餅。剛烙得，焦黃的芝麻像些吃飽的蚊子肚兒。頗想買幾個。旁邊一位老太太正打好洋鐵壺的價錢，老李跟著買了兩把。等她走後，才敢問洋爐子的價錢——因張大哥極端的主張用洋爐子——買定了一個。一問價錢的時候，心中就決定好——準買貴了。買好之後又決定好，告訴張大哥的時候，少說兩塊錢，他還能說貴嗎？心中很痛快，生平第一次買洋爐子：一輩子不准買上兩回，貴點就貴點吧。說好爐子和鐵管次日一早送去。然後，提著水壺，茫然不知到哪裡去好。

到底給孩子們買什麼吃呢？

雖然結婚這麼幾年，太太只是父母的兒媳婦，兒女只是祖母的孫兒，老李似乎不知道他是丈夫與父親。現在，他要是不管兒女的吃食，還真就沒第二個人來管。老李覺得奇怪。燈下的西四牌樓像個夢！

給小孩吃當然要軟而容易消化的，老李握緊了鐵壺的把兒，好像壺把會給他出主意似的。代乳粉？沒吃過！眼前是乾果鋪，別忘了落花生。買了一斤花生米。一斤，本來以為可以遮點羞，哼，誰知道才一角五分錢！沒法出來，在有這麼些個電燈的鋪子只花一角五？又要了兩罐蜜餞海棠。開始往回走。到胡同口，似乎有點不得勁——花生米海棠大概和晚飯不是同一意義。又轉轉身來，看了看油鹽店，豬肉鋪，不好意思進去。可是日久天長，將來總得進去，於是更覺得今天不應進去。心裡說：「你一進去，你就是張大哥第二！」可是不進去，又是什麼第二呢？又看見燒餅。買了二十個。羊肉白菜餡包子也剛出屜，在燈光下白得像些磁的，可是冒著熱氣。買了一屜。賣燒餅的好像應該是姓「和」名「氣」，老李痛快得手都有點發顫，世界還沒到末日！拿出一塊錢，唯恐人家嫌找錢麻煩；一點也沒有，客客氣氣的找來銅子與錢票兩樣，還用紙給包好，還說，「兩攙兒，花著方便。」老李的心比剛出屜的包子還熱了。有家庭的快樂，還不限在家庭之內；家庭是快樂的無線廣播電臺，由此發送出一切快樂的音樂與消息，由北平一直傳到南美洲！怨不得張大哥快活！

菱在媽媽懷中已快睡著，聞見燒餅味，眼睛睜得滴溜圓，像兩個白棋子上轉著兩個黑棋子。英——那個男孩——好似燒餅味還沒放出來，已經入了肚了一個。然後，一口燒餅，一口包子，一口花生米，似乎與幾個小餓老虎競賽呢。

誰也沒想起找筷子，手指原是在筷子以前發明出來的。更沒人想到世界上還有碟子什麼的。李太太嚼著燒餅，眼睛看著菱，彷彿唯恐菱吃不飽，甚至於有點自己不吃也可以，只願菱把包子都吃了的表示。

菱的眼長得像媽媽，英的眼像爸爸，倆小人的鼻子，據說，都像祖母的。菱沒有模樣，就仗著一臉的肉討人喜歡，小長臉，腮部特別的胖，像個會說話的葫蘆。短腿大肚子，不走道，用臉上的肉與肚子往前搖。小嘴像個花骨朵，老帶著點水。不怕人，仰著葫蘆臉向人眨巴眼。

英是個愣小子，大眼睛像他爸爸，愣頭磕腦，脖子和臉一樣黑，肉不少，可是不顯胖，像沒長全羽毛的肥公雞，雖肥而顯著細胳臂蠟腿。棉褲似乎剛作好就落伍，比腿短著一大塊，可是英滿不在乎，褲子越緊，他跳得越歡，一跳把什麼都露出來。

老李愛這個黑小子。「英，賽呀！看誰能三口吃一個？看，一口一個月牙，兩口一個銀錠，三口，沒！」

英把黑臉全漲紫了，可是老李差點沒噎綠了。

不該鼓舞小孩狼吞虎嚥，老李在緩不過氣來的工夫想起兒童教育。同時也想起，沒有水！倒了點蜜餞海棠汁兒喝，不行；急得直揚脖。在公寓裡，只須叫一聲茶房，茶是茶，水是水；接家眷，麻煩還多著呢！

正在這個當兒，西屋的老太太在窗外叫：「大爺，你們沒水吧？這兒一壺開水，給您。」

老李心中覺得感激，可是找不到現成的話。「啊啊老太太，啊——」把開水拿進來，沏在茶壺裡。一邊沏，一邊想話。他還沒想好，老太太又發了言：

「壺放著吧，明兒早晨再給我。還出去不出去？我可要去關街門啦。早睡慣了，一黑就想躺下。明兒倒水的來叫他給你們倒一挑兒。有缸啊？六個子兒一挑，零倒，包月也好；甜水。」

老李要想趕上老太太的話，有點像駱駝想追電車，「六個子，謝謝，有缸，不出去，上門。」忘了說，「您歇著吧，我去關門。」

「孩子們可真不淘氣，多麼乖呀！」老太太似乎在要就寢的時候精神更大。「大的幾歲了？別叫他們自己出去，街上車馬是多的；汽車可霸道，撞葬哪，連我都眼暈，不用說孩子們！還沒生火哪？多給他們穿上點，剛入冬，天氣賊滑的呢，忽冷忽熱，多穿點保險！有厚棉襖啊？有做不過來的活計，拿來，我給他們做；戴上鏡子，粗枝大葉的我還能縫幾針呢；反正孩子們也穿不出好來。明天見。上茅房留點神，磚頭瓦塊的別絆倒；拿個亮兒。明天見。」

「明天——老太太，」老李連句整話也沒有了。

可是他覺得生活美滿多了，公寓裡沒有老太太來招呼。那是買賣，這是人情。喝了碗茶，打了個哈欠，吃了個海棠，甜美！要給英說個故事，想不起；腰有點痛。是的，腰疼，因為盡了責任，賣了力氣。拿剛才的事說吧，右手燒餅，左手包子，大衣的袋中一大包花生米，中指上掛著鐵壺！到底是有家！在公寓裡這時候正吃完了雞子炒飯，不是看報，就是獨坐剔牙。太太也過得去，只是鞠躬的樣子像紙人往前倒——看了太太一眼。

菱的小手裡拿著半個燒餅，小肉葫蘆直向媽媽身上倒，眼已閉上，可還偶爾睜開一點縫，媽媽嘴中還嚼動著，臉上沒有任何表情，摟著孩子微微的向左右搖身，眼睛看著洋蠟的苗。

老李不敢再看。高跟鞋，曲線美，肉色絲襪，大紅嘴唇，細長眉……離李太太有兩個世紀！老李不知是難過好，還是痛快好。他似乎也覺出他的毛病來了——自己沒法安排自己。只好打個哈欠吧，啊——哈——哈。

英的黑手真熱，正捻著爸的手指肚兒看有幾個斗，幾個簸箕。

「英，該睡了吧？」

「海棠還沒吃完呢。」英理直氣壯的說。

老李雖然又打了個哈欠，可是反倒不睏了。接了家眷來理當覺出親密熱鬧，可是也不知怎麼只顯著奇怪隔膜與不舒適。屋子裡只有一枝洋燭的光亮，在太太眼珠上跳！

第五

一

老李上衙門去。

張大哥確是有眼力：給老李租的房正好離衙門不遠——也就是將到二里地。省車錢是一，可以來往運動運動是二，午飯能在家裡吃是三。

老李雖然沒有計算一月可以省多少車錢，可是心中微微有點可以多儲蓄下點的光亮與希望。想到儲蓄，不由的想到：家眷來了，還能剩錢？張大哥永遠勸人結婚和接家眷，唯一的理由似乎是：「兩口兒並不見得比一個人費錢。」好像女人天生來的不會花錢，沒有任何需要，也不准有需要！老李看女人也是個人。可是，英的媽……即使是養隻雞也得給小米吃呀！老李覺得接家眷這回事有點錯誤。一家之長？越看自己越不像。

快到了衙門，他更不痛快了。怎麼當上了科員？似乎想不起。家長？當科員或者不是壞事。沒有科員的薪水怎能當家長？科員與家長是天造地設的一對——什麼？看見了衙門，那個黑大門好似一張吐著涼氣的大嘴，天天早晨等著吞食那一群小官僚。吞，吞，吞，直到他們在這怪物的肚子裡變成衰老醜惡枯乾閉塞——死！雖然時時被一張紙上印著個紅印給驅逐出去，可是在這怪物肚中被驅逐，不是個有刺激性的事。這裡免職，而去另起爐灶幹點新的有意義的事，絕對想不到。此處不留爺，自有留爺處；衙門不止一個。吃衙門的蟲兒不想，不會，也不肯，幹別的。可恨的怪物！

可是老李得天天往怪物肚中爬，現在又往裡爬呢！每爬進一次，他覺得出他的頭髮是往白裡變呢。可是他必須往裡爬；一種不是事業的事業，不得不敷衍的敷衍。現在已接來家眷，更必得往裡爬了。這個大嘴在這裡等著他，「她」在家裡等著他；一個怪物與一個女魔，老李立在當中——

科員，家長！他幾乎不能再走了，他看見一個衰老醜惡的他，和一個衰老醜惡的她，一同在死亡的路上走，路旁的花草是些破爛的錢票與油膩的銅錢！然而他得走，不能立在那裡不動；詩意？浪漫？自由？只是一些好聽的名詞。生活就是買爐子，租房……爐子送去沒有？她會告訴怎樣安鐵管子呀？

到了衙門口。他真要往後退了。可是門口的巡警似乎故意戲弄他，給他行了個立正禮。他只能進去。他的手出了汗。那一群同事們一定都等著審問他呢：「老李，接家眷也不言語一聲？幾時請吃飯？」吃飯，那群東西和蒼蠅同類，嘴不閒著便是生命的光榮！

進了自己的辦公室，心中安定了些。一個人還沒來呢，他深深呼了口氣。破公事案，鋪著塊桌布的冤魂，茶碗印，墨汁點，菸卷燒的孔，永遠在這裡，永遠。大而醜的月份牌，五天沒撕了，老李不來沒人管撕。玻璃上的土！怪物的肚子裡沒人管任何事情。他把月份牌扯下五頁來，扔在紙簍裡；也配叫做紙簍，靠著兩面牆還隨時的自己倒下來。

他坐在自己的椅子上，屋中最破的那一把，發愣。公事，公事就是沒事；世界上沒有公事，人類一點也不吃虧。公文，公文，公文，公文，沒頭沒尾，沒結沒完的公文。只有一樣事是真的——可恨它是真的——和人民要錢。這個怪物吃錢，吐公文！錢到哪兒去？沒人知道。只見有人買洋樓，汽車，小老婆；公文是大家能見到的唯一的東西。老李恨不能登時砸碎那把破椅子，破公事案，破紙簍，和這個怪物！可是，砸不碎這個怪物，連這張破桌布也弄不碎。碎了這塊布等於使磚塔胡同那三口兒餓死。

他又坐下了，等著他們。他們，這個世界是給他們預備的。在家裡，油鹽醬醋與麻雀牌；來到衙門，一進門有巡警給行禮；進了公事房，嘻嘻嘻，討論著，辯論著彼此的私事，孩子鬧耳朵，老太太辦生日，春華樓一號女招待。能晚到一分便晚到一分，能早走一分便早走一分。破桌子，破茶碗，無窮無盡的喝茶。菸卷菸斗一齊燒著，把月份牌都迷得看不清。老李等著他們，他們是他的朋友，在某種程度上，他的審判官。他得為他們穿上洋服，他得隨著他們嘻嘻嘻。他接家眷得請他們吃飯。他得向他們時常道歉。

邱先生來了。

「啊，老李，回來了？家中都好？」和老李握了握手。

邱先生的眼中帶著點不大正經的笑意。老李的臉紅了。邱先生沒往下說什麼，可是那個笑在眼角上掛著，大有一時半會兒不能消滅的來派，於是老李的臉上繼續著增加熱力。

邱先生脫大衣，喊聽差端茶，眼睛沒看著老李，可是眼上那兩個笑點會繞著圈向老李那邊飛擲，像對流星。

吳先生也到了。

「啊，老李，回來了？家中都好？」和老李握了握手。他的手比老李的大著兩號——按著手套的尺寸說——柔軟，滑溜，帶著科員的熱力。然後，掏出一毛錢的票子：「張順，送車錢去！」

吳先生非常正直，可是眼角上也有點笑意，和邱先生的那個相似，雖然程度上不那麼深。老李的臉更熱了。

他閉著氣專等小趙，小趙來到，他就知道是五年徒刑，還是取保釋放了。

小趙沒來。

二

小趙為什麼沒來？老李不敢問。吳先生雖然是小趙的親戚，可是最不關心小趙的事，除了托小趙給維持地位，他簡直不大愛和小趙說話。吳先生是正直人，老李自然不敢向吳先生打聽小趙。邱先生呢，年紀比小趙大，而人情沒有小趙的硬，所以有小趙領首，他對於向同事們開玩笑的事無不參加；可是小趙不提倡，他不便自居禍首；甚至於小趙不在眼前，他連「小趙」二字提也不提。邱先生在不和人開玩笑的時候很能咂著滋味苦悶。

可是吳邱二位都知道小趙幹什麼去了。小趙是為所長太太到天津辦事去了。二位對小趙都有點忌妒。但是不便和老李說。老李是以力氣賺錢，不管旁人的事，二位自然不能以他為同調。況且吳先生是正直人，在老李面前特別要顯著正直。老李開始辦公，心裡老有個小趙的影。吳先生挺直腰板，寫著醬肘子體的字。邱先生喝茶吸菸，咂著滋味苦悶，眼睛專看著手錶。

張大哥不和老李同科，可是特意過來招呼一聲。

「啊，老李，回來了？家中都好？」用手指診了老李手心一下。

老李十分感激張大哥：為人謀永遠忠誠到底。果然，邱吳二位的眼神有點改變光度與神氣。設若老李接家眷，張大哥必知道一切；可是張大哥也問「家中都好？」小趙的話是造謠，一定。自然，不一定，更好。

「今年鄉下收成不壞吧？」張大哥對鄉下人自然要問鄉下話，吳邱二位登時覺得還不夠真正北平人的資格。

「不壞，不過民間還是很苦！」老李帶著感情說。

「今年就盼著來場大雪，去去瘟毒；麥子也得意。」去去瘟毒，其實是張大哥的注意之點，麥子得意與否，民間苦不苦，都嫌離北平太遠；世界上麥子都不得意，北平總有白麵吃。

張大哥和老李又敷衍了幾句，完全出於誠意，同時不失為敷衍，張大哥自己都佩服這一招兒。誠意的敷衍完老李，又過去和邱吳二位談了一點來鐘。張大哥比他們二位更沒事可作，他是庶務科上的，他的職務是調動工友，和買辦東西。對調動工友這一項，他是完全無為而治，所以工友們為他的私事能非常的殷勤賣力氣，因為在衙門裡總是閒著。對於買辦一項，自有鋪子送來，只要打打電話，過過數目，便完事大吉。至於照例的回扣呢，張大哥絕不破例拒絕，也不獨吞，該分給誰便分給誰，連工友都大家有份。張大哥是庶務中的聖手。

這樣，他永遠不忙，除了忙著串各科，而各科的職員一律歡迎他的降臨。請醫生，雇奶媽，定包廂，買舊地毯，賣灰鼠皮袍再買狐腿的，租房，定打新式桌椅，配丸藥……凡是科員所需都要張大哥的指導與建議。批婚書，過嫁禮，更不用說，永遠是他一手包辦。新從南方來的同事，單找他來練習官話——孫先生便是一個。連美國留學回來的都和他研究相面與合婚。這些差事是純粹義務，張大哥只落得兩句讚美：「北平真是寶地，」和「北平人真會辦事。」有這兩句，張大哥覺得前生定是積下陰功，所以不但住在北平，而且生在北平！「有宰相之才，沒有宰相之命。」當他喝下兩盅酒才這樣嘆息，而並非全無自慰的意思；兩個「之」字特別的意味深長。

張大哥和邱吳二位談起來；二位就是盼望有人來閒談，不然真不好意思把公事都交給老李辦，雖然大家深知老李有辦事的癮——科員中的怪物！

吳先生，軍隊出身，非常正直，剛練好一筆醬肘子體的字，打算娶個妾。他又提起來了：「老吳是軍人，先生，沒別的好處，就是正直，過山炮一樣的正直。四十多了，沒個兒子，得改變戰線，先生！」吳先生的「先生」永遠不離口，彷彿是拿這兩個字證明自己已經棄武修文了似的。他的腰背永遠筆直，脖子與頭一齊扭轉，不是向左便是向右「看齊」。

這給張大哥一個難題。他並不絕對不管給人買妾，不過假使能推得開，他便不管。假如非叫他管不可，那麼，有個基本條件：買妾的人須文過司長，武官至小是團副。婦女應否作妾？那是婦女雜誌上的問題，張大哥不便於過問。他專從實際上看男人。一個小科員，或是中學教師，不論持著怎樣充足的理由，能不納妾頂好就不納。精力，金錢，家庭間的困難，這些都在納妾項下向科員與教師搖著頭。別自己找枷扛。其實買個妾還不是件容易事，只看男人的腦袋是金銀銅鐵哪種金屬作的。吳先生的腦袋，據張大哥的檢定，是鐵的；雖然面積不小，可是能值多少錢一斤？納妾是一種娛樂，也許是一種必需，無論怎說，總得以金錢地位作保險費。

可是張大哥不能直接告訴吳先生的頭是鐵的。他對吳先生和學校的青年都沒有辦法。這兩種人中又以吳先生為更難辦。青年們鬧戀愛，只好聽之而已，張大哥還能替誰去戀愛？而吳先生偏偏要張大哥給幫忙。

拒絕，敷衍，打岔，都等於得罪吳先生。世界上沒有不可以作的事，除了得罪人。可是和吳先生討論？吳先生能立刻請他吃飯；吃了人家的飯，再也吐不出，那便被人家一把抓定！張大哥的左眼閉得幾乎有不再睜開的趨勢。有了，談太極拳吧！

吳先生的拳頭那麼大，據他自己說，完全是練太極拳練出來的，只有提太極拳，他可以把納妾暫時忘下。太極拳是一切。把雲手和倒攆猴運在筆端，便能寫出醬肘子體的字。張大哥把菸斗用海底針勢掏出來，吳先生立刻擺了個白鶴亮翅。談了一點來鐘，張大哥乘著如封似閉的機會溜了出去。

三

邱吳二先生都沒審問老李，老李覺得稍微痛快一點。午時散了衙門，走到大街上，呼吸似乎自由了些。這是頭一次由衙門出來不往公寓走，而是回家。家中有三顆心在那兒盼念他，三張嘴在那兒念道他。他覺得他有些重要，有些生趣。他後悔了，早晨不應那樣悲觀。自己所處的環境，所有的工作，確是沒有多少意義；可是自己擔當著養活一家大小，和教育那兩個孩子，這至少是一種重要的，假如不是十分偉大的，工作。離開那個怪物衙門，回到可愛的家庭，到底是有點意思。這點意思也許和抽鴉片菸一樣——由一點享受把自己賣給魔鬼。從此得因家庭而忍受著那個怪物的毒氣，得因兒女而犧牲一切生命的高大理想與自由！老李的心又跳起來。

沒辦法。還是忘了自己吧。忘掉自己有擔得起更大的工作的可能，而把自己交給妻，子，女；為他們活著，為他們工作，這樣至少可以把自己的平衡暫時的苟且的保持住；多麼難堪與不是味兒的兩個形容字——暫時的，苟且的！生命就這麼沒勁！可是……

他不想了。捉住點事實把思想驅開吧。對，給孩子們買些玩藝。馬上去買了幾個橡皮的馬牛羊。這些沒有生命的軟皮，能增加孩子們多少多少樂趣？生命或者原來就是便宜東西。他極快的走到家中。

李太太正在廚房預備飯。爐子已安好，窗紙又破了一個窟窿。兩個孩子正在捉迷藏，小肉葫蘆蹲在桌子底下，黑小子在屋裡嚷：「得了沒有？」

「英，菱，來，看玩藝來！」老李不曉得為什麼必須這樣痛快的喊，可是心中確是痛快。在鄉間——不過偶爾回去一次——連自己的小孩都不敢暢意的在一塊玩耍；現在他可以自由的，盡興的，和他們玩；一切是他的。

英和菱的眼睛睜圓了，看著那些花紅柳綠的橡皮，不敢伸手去摸。菱把大拇指插在口中；英用手背抹了鼻子兩下，並沒有任何作用。

「要牛要馬？」老李問。

英們還沒看出那些軟皮是什麼，可是一致的說，「牛！」

老李，好像神話中的巨人，提起牛來，嘴銜著汽管，用力的吹。

英先看明白了：「真是牛，給我，爸！」

「給菱，爸！」

老李知道給誰也不行，可是一嘴又吹不起兩個來。「英，你自己吹，吹那隻老山羊。」他不知怎麼會想起這個好辦法，只覺得自己確是有智慧。

英蹲下，拿起一個來，不知是馬還是羊；十分興奮，頭一氣便把自己的鼻子吹出了汗。再給他牛，他也不要了，自己吹是何等的美事。

「菱也吹！」她把馬抓起來：似乎那頭牛已沒有分毫價值。

老李幫著把牲口們全吹起來，堵好汽管。英手擦著褲腿，無話可講，一勁的吸氣。菱抱著山羊，小肉葫蘆上全是笑意，英忽然撒腿跑了，去把媽媽拉來。媽媽手上掛著好些白麵。「媽，媽，」英叫一聲，扯媽媽的大襟一下，「看爸給拿來的牛，馬，羊，媽，你看哪！」又吸了一回氣。

媽笑了。要和丈夫說話，又似乎沒什麼可說的；不說，又顯著有點發禿。她的眼神顯出來，她是以老李為家長——甚至於是上帝。在鄉下的時候，當著眾人她自然不便和丈夫說話，況且凡事有公婆在前，也無須向丈夫要主意；現在，只有他是一切；沒有他，北平能把她和兒女全嚼嚼吃了。她應當說點什麼，他是為她和兒女們去受苦，去賺錢；可是想不起從哪裡說起。

「媽，我拿牛叫西屋老奶奶看看吧？」英問，急於展覽他的新寶貝。

媽得著個機會：「問爸。」

爸覺得不大安坦，為什麼應當問爸呢，孩子難道不是咱們倆的？可是，這樣的婦人必定真以我為丈夫，主人。老李不敢決定一切，只感覺著夫婦之間隔著些什麼東西。算了吧，讓腦子休息會兒吧：「不用了，英；先吃飯，吃完再去。」

「爸，菱抱羊一塊吃飯飯！」

「好。」老李還有一句，「給老山羊點飯飯吃。」可是打不起精神說。

大家一塊吃飯，吃得很痛快。菱把湯灑了羊一身，羊沒哭，媽也沒打菱。

飯後，媽收拾傢伙，英菱與牛羊和爸玩了半天。老李細看了看兒女，越看越覺得他與他們有最密切的關係。英的嘴，鼻子，和老李的一樣，特別是那對大而遲鈍的眼睛。老李心裡說，「大概我小時候也這麼黑！」菱的胳臂短腿短，將來也許像她媽媽那樣短粗。兒女的將來，渺茫！英再像我，菱再像她。不，一定不能！但是管它呢，「菱，來，叫爸親親！」親完了小肉葫蘆，他向廚房那邊說，「我說——菱沒有件體面的棉袍子呀？」

「那不就挺好看的嗎？」太太在廚房裡嚷，好像願叫街上的人也都聽見。「她還有件紫的呢，留著出門穿。」

「留著你那件臭紫袍吧！」老李心裡說。有給菱作件新袍的必要；打扮上，一定是個可愛的小女孩。希望母親也來看看菱的新衣裳，雖然新衣裳還八字沒有一撇。

「晚上見，菱。」

「爸買發生去？」菱以為爸一出去就得買落花生。

「爸，再帶頭牛來，好湊一對！」英以為爸一出門必是買牛去。

老李在屋門口停了一停，她沒出來。東屋的門開著點縫，老李看見一個人影，沒看清楚，只覺得一件紅衣那麼一閃。

第六

一

大蒲包果子，四張風景相片，沒有上款的中堂與對聯，半打小洋襪子，張大嫂全付武裝來看李太太。

在大嫂的眼中，李太太是個頂好，一百成——鄉下人兒。大嫂對於鄉下人，特別是婦女，十二分的原諒，憐恤，而且願盡所能為的幫助，指導。她由一進門，嘴便開了河，直說得李太太的腦子裡像轉瘋了的留聲機片，只剩了張著嘴大口的噶氣。張大嫂可是並非不真誠，更沒有一點驕傲。對於鄉下婦女這個名詞，她更注意到後一半——婦女。婦女都是婦女。不過「鄉下」這個形容，表示出說話帶口音，一切不在行，可是誠實直爽。這個，只要一經張大嫂指導，鄉下婦女便不久會變成一百成的漂亮小媳婦。這是自信，不是驕傲。

英和菱是一對寶貝。大嫂馬上非認菱作乾女兒不可，也立刻想起家中櫥櫃裡還有一對花漆木碗，連三的抽屜裡——西邊那個——有一個銀鎖，繫著一條大紅珠線索子。非認乾女兒不可。現成的木碗與銀鎖，現成的菱，現成的大嫂，為什麼不聯結起來呢。

李太太不知道說什麼好，只露出牙來，沒露任何意見，心裡怕老李回來不願意。大嫂看出李太太的難處。「不用管老李，女兒是你養的：來，給乾娘磕頭，菱！」

李太太一想，本來嗎，女兒是自己的，老李反正沒受過生產的苦楚；立刻叫菱磕頭。菱把大拇指放在嘴內，眨巴著眼，想了一會兒；沒想好主意，馬馬虎虎的磕了幾個頭。磕完頭，心中似乎清楚了些，不覺得別的，只覺得有點驕傲，至少是應對英驕傲，因為英沒有乾媽，她過去拉住乾媽一個手指。乾媽確是乾的，因為臉上笑得都皺起來，像個烤糊了的蘋果，紅而多皺。

英撅了嘴，要練習練習磕頭，可是沒有機會。大嫂笑著說，「我不要小子，小子淘氣；看我這乾女兒多麼老實。可是，你等著，英，趕明兒我給你說個小媳婦，要轎子娶，還是用汽車？」「火車娶！」英還沒忘這次由鄉間到北平的火車經驗。用火車娶媳婦自然無須再認乾媽，於是英也不撅嘴了。

因提起小子淘氣，大嫂把天真的歷史，從滿月怎麼辦事，一直到怎麼沒說停當太僕寺街齊家的姑娘，一氣哈成，說得天翻地覆。最後：「告訴你，大妹妹，現在的年頭，養孩子可真不易呀！尤其是男孩子，壞透了！大妹妹，你堤防著點老李，男子從十六到六十六歲，不知哪時就出毛病。看著他，我說，看著他！別多心，大妹妹，您是鄉下人，還不知道大城裡的壞處。多了，無窮無盡；男女都是狐狸精！男的招女的，女的招男的，三言兩語，得，鉤搭上了。咱們這守舊的老娘們，就得對他們留點神！」

李太太似乎早就知道這個，不過沒聽張大嫂說明之前，不敢決定相信，也不敢對老李有什麼設施。現在聽了大嫂——況且又是菱的乾娘——的一片話，心中另有一個勁兒了。是的，到了北平，她與丈夫是一邊兒大的；老李是一家之主，即使不便否認這點，可是她的眼睛須對這一家之主留點神。但是她只有點頭，並沒發表什麼意見；談作活計與做飯，她是在行的，到大城裡來怎麼管束丈夫，還不便於猛進。況且，焉知張大嫂不是來試探她呢！得留點神，你當是鄉下人就那麼傻瓜呢！

「待兩天再來，我可該走了！家裡擱著一大片事呢！」大嫂並沒立起來：「乾女兒，明兒看乾媽去。記著，堂子胡同九號，說，堂子胡同——九——號；嘻嘻嘻。」

「堂胡同走奧，」菱一點也不曉得這是什麼怪物。

「吃了晚飯再走吧，大嫂，」李太太早就預備好這句，從頭一天搬來就預備好了。可是忘對張大哥與丁二爺說，招得丈夫直皺眉，這可得到機會找補上了。

「改日，改日，家裡事多著呢。我可該走了！」大嫂又喝了碗茶。

最後，大嫂立起來，「乾姑娘，過兩天乾娘給送木碗和鎖來。」又坐下了，因為，「啊，也得給英拿點玩藝來呀！是不是，英？」

「我要個——」英想了會兒，「木碗，乾媽！」

「乾媽是菱的！」

「看，小乾女兒多麼厲害！唉，我真該走了！」

大嫂走到院中，西屋老太太正在院中添爐子。大嫂覺得應當替李太太托咐托咐，雖然自己也不認識老太太。

「老太太，你添火哪？」

「您可別那麼稱呼我，還小呢，才六十五！屋裡坐著。」老太太添火一半是為在院中旁聽，巴不得借個機會加入談話會。「貴姓呀？」

「張。」

「啊，那天租房的那位——」

「可不是嗎，他和這兒李先生同事，好朋友，您多照應著點！」大嫂拉著菱，看著李太太。

「還用囑咐，近鄰比親！大奶奶可真好，一天連個大聲也不出，」老太太也看著李太太。「兩個孩兒們多麼乖呀！我說，英，你的牛呢？」沒等英回答，「我就是愛個結結實實有人緣的小孩。看菱的小肉臉，多有個趣！」

「您跟前有——」

「別提了，一兒一女，女兒出了閣，跟著女婿上南京了，一晃兒十年了，始終也沒回來一次。小子呀，唉！」老太太把聲音放低了些，「唉，別提了，已經娶——」她向東屋一指。「唉，簡直說著羞得慌，對外人我也不說，說了被人恥笑。」

「咱們還是外人嗎？」張大嫂急於聽個下回分解。

「唉，已經娶了，這麼個又體面又明白的小媳婦！會，會，會又在外邊！——不用提了！三四個月沒回來了！老了老了的給我這麼個報應，不知哪輩子造下的孽！這麼好個小媳婦，年青青的，叫我看著心焦不心焦？又沒有個小孩！菱，你可美呀，認了乾娘？」老太太大概把張李二太太的談話至少聽了一半去。

菱笑了，爽性把食指也放在口裡。

「改天再說話，老太太，咱們這作媽媽的，一人有一肚子委屈呀！」

「您別那麼稱呼我，您大！」

「我小呢，才四十九。也忘了，您貴姓呀？」

「馬；也沒到屋裡喝碗茶！」

「改天，改天特意來看您。」

馬老太太也隨英們把張大嫂送出去，好像張大嫂和李太太都是她的娘家妹妹似的。

二

老李下了衙門，到張大哥家去取對聯；一點也不願意去取，不過張大哥既然說了，不去顯著不好意思。老李頂不喜歡隨俗，而又最怕駁朋友的面子，還是敷衍一下好吧。他到了張家，大嫂剛從李家回來。

「啊，親家來了！」

老李一愣，不知怎麼會又升了親家。

大嫂把認乾女兒的經過，從頭至尾，有枝添葉的講演了一番。老李有點高興：大嫂既肯認菱作乾女兒，菱必是非常的可愛，有許多可愛的地方他自己大概還沒看到。

「大妹妹可真是個俏式小媳婦，頭是頭，腳是腳，又安穩，又老實！」大嫂講演完了乾姑娘，開始褒獎乾姑娘的母親。從乾姑娘的母親又想到乾姑娘的父親：「老李——親家，你就別不滿意啦：還要什麼樣的媳婦呀？乾乾淨淨，老老實實，得了！況且，有這麼一對虎頭虎腦的小寶貝；放下你們年青小夥子的貪心吧！該得就得，快快樂樂的過日子，比什麼也強。看那個馬老太太——」

「哪個馬老太太？」

「你們西屋的街坊：老太太命才苦呢！娶來個一朵鮮花似的小媳婦，兒子會三四個月，三——四——個——月，沒家來！我要是馬老太太呀，不咬那個兒子幾口才怪！」

正說到這裡，張大哥進來了。「你咬誰幾口呀？」他似乎以為是背地講論他。

她笑了：「放心，沒人咬你的肉，臭！我們這兒說馬家那當子事呢。」

張大哥自然知道馬家的事，急忙點上菸斗，左眼閉上，把大嫂的講演接過來：老李租的房是馬老太太的，買過來不久——買上了當，木架不好，工也稀鬆。老太太還能買得出什麼漂亮東西。張大哥順手把婦人——連張大嫂也在其內——不會辦事給證實。買過來之後，馬家本是自己住自己的房。搬來不久就辦婚事，大概因為有喜事才急於買房，因為急買所以就買貴了——一點也不應當算個上當的原諒，又看了大嫂一眼。馬老太太的兒子，那時節，是在中學裡教書，娶的是個高小畢業的女學生，娘家姓黃，很美。結婚不到半年——張大哥的眼閉死了——馬先生和同事的一位音樂教員有了事，先是在外邊同居，後來一齊跑到南邊去：「三四個月沒回來，他，三年也未必回來！」張大哥結束了這段敘述：「天秤不準！」

因為兒子跑了，所以老太太把上房讓出來，租幾個錢，加上手裡有點積蓄，婆媳可以對付著過日子。

老李知道大嫂已把對聯送去，大哥的講演又告一段落，於是告辭回家。大嫂沒留他吃飯：「唉，快家去吧，等和李太太一塊來的時候，我再給你們弄點什麼吃。告訴菱，過兩天乾媽給送木碗去，別忘了！」

老李心中的紅衣人影已有了固定的面目，姓黃，很美，棄婦，可憐蟲！愛是個最熱，同時又最冷的東西！設若老李跟——誰？不管誰吧，一同逃走，妻，子，女，將要陷入什麼樣的苦境？不敢想！張大哥對了，俗氣凡庸，可是能用常識殺死浪漫，和把幾條被浪漫毒火燒著的生命救回。從另一方面說，常識殺死了浪漫，也殺死了理想與革命！老李又來到死胡同裡，進是無路，退又不得勁。菱，小丫頭電影，可愛，張大嫂的乾女兒，俗氣！

到了家。

「爸，」黑小子在門口等著他呢，「爸，菱有了乾媽，張大嫂子，過兩天給送木碗和銀鎖來。我呢？我認媽媽作乾媽得了；你給媽點錢，叫媽給我買木碗，不要銀鎖，要兩個皮馬，你給我的那個，我並沒使勁，也不怎麼破了個窟窿，怎吹也吹不起來了！」

老李一生似乎沒這麼笑過。

「爸，東屋的大嬸，還替我吹了半天，也沒吹起來。大嬸頂好頂好看啦。大眼睛，像倆，倆，倆——」英直翻白眼，「倆小月亮！那手呀，又軟又細，比媽的手細的多。媽的手就是給我抓癢癢好，淨是刺兒。」

「媽聽見，不揍你！」老李不笑了。

三

星期日。老李帶領全家上東安市場，決定痛快的玩一天，早晚飯全在外邊吃。

英說對了，媽的手上有刺兒；整天添火做飯洗衣裳，怎能不長刺？應當雇個僕人。一點也不是要擺排場；太太不應當這樣受累。可是，有僕人她會調動不會？好吧，不用挑吃挑喝，大家對敷吧。把僱人的錢，每月請她玩兩天，也許不錯。決定上市場。

李太太不曉得穿什麼好，由家中帶來的還是出嫁時候的短棉袍與裌裙子。長棉袍只有一件，是由家起身前臨時晝夜趕作的，藍色，沒沿邊，而且太肥。

「還把裙子帶來？天橋一塊錢兩條，沒人要！」

她不知道天橋在哪裡，可是聽得出，裙子在北平已經一塊錢兩條，自然是沒什麼價值。她決定穿那件唯一的長藍棉袍，沒沿邊，而且太肥。

老李把孩子們的衣裳全翻出來，怎麼打扮，怎麼不順眼。他手心上又出了汗。拿服裝修飾作美滿家庭的廣告，布爾喬亞！可是孩子到底是孩子，孩子必須乾淨美好，正像花草必須鮮明水靈。老李最不喜歡布爾喬亞的媽媽大全，同時要在兒女身上顯出愛美——遮一遮自己的洋服在身上打滾的羞。不去！那未免太膽小了。一定走，什麼樣也得走。可是，招些無聊的笑話即使是小事，怎能叫自己心裡稍微舒服點呢？他依著生平美的理想，就著現成的材料，把兩個孩子幾乎擺弄熟了；還是不像樣！走，老李把牛勁從心靈搬運出來，走！和馬老太太招呼了一聲，托咐照應著點。

「啊，我說，菱，」老太太揉了眼睛一把，「打扮起來更俊了？這雙小老虎鞋！挑著點道兒走，別弄髒了，聽見沒有？來，菱，英，奶奶這兒還有十個大子，一人五個；來，放在小口袋裡，到街上買花生吃。」十個大銅子帶著熱氣落在他們的袋中。

老李痛快了一些；不負生平美的理想！

出了門，他的眼睛溜著來往行人，是否注意他們。沒有。北平能批評一切，也能接收一切。北平沒有成見。北平除了風，沒有硬東西。北平使一切人驕傲，因此張大哥特別的驕傲。老李的呼吸不那麼緊促了。回頭一看，英和媽媽在道路中間走呢，好像新由鄉下來的皇后與太子。老李站住了：「你們要找死，就不用往邊上來！」李太太瞪了眼，往四下看，並沒有什麼。「你把英拉過來！」她把英拉到旁邊來，臉上紅了。丈夫的話一定被路上的人聽見了。在鄉下，愛怎走便怎走！她把氣嚥下去，丈夫是好意。可是，何必那麼急扯白臉的呀！心中都覺得，「今天要能玩的好才怪！」

到了胡同口，拉車的照樣的打招呼，並沒因李太太的棉袍而輕慢。好吧，車伕既然招呼，不好意思不坐。平日老李的坐車與否是一出街門就決定好的：決定不坐便設法躲著洋車走；拒絕車伕是難堪的事。決定坐車，他永遠給大價錢。張大哥和老李一塊兒走的時候，張大哥永不張羅坐車。英和媽媽坐一輛，菱跟著爸。一路上英的問題多了，西安門，北海，故宮……全安著個極大的問號。老李怕太太回頭問他。她並沒言語，而英的問題全被拉車的給回答了。老李又怕她也和車伕一答一和的說起來，她也沒有。他心裡說：「傻瓜，當是婦女真沒心眼呢！婦女是社會習俗的保存者。」想到這裡，他不得勁的一笑，「老李，你還是張大哥第二，未能免俗！」

一進市場門，菱和英一致的要蘋果。老李為了難；買多了吧不好拿，只買兩個又怕叫賣果子的看不起。不買，孩子們不答應。

「上那邊買去，菱，」太太到底有主意。

老李的眉頭好似有皺上的癮：那邊果攤子還多著呢，買就是買，不買就是不買，幹嘛欺哄孩子呢！丈夫布爾喬亞，太太隨便騙孩子，有勁！可是問題解決了問題，菱看見玩藝攤子，好像就是再買蘋果也不要了。

「那邊還有好的呢，」又是一個謊！

說謊居然也能解決問題，越往裡走，東西越多，英們似乎已看花了眼，想不起要什麼好了。老李偷眼看著太太，心中老有點「劉姥姥入大觀園」的恐怖。太太的兩眼好像是分別工作著，一眼緊盯著孩子，一眼收取各樣東西與色彩。到必要的時候，兩眼全照管著孩子，犧牲了那些引誘婦女靈魂的物件。老李受了感動。

摩登男女們，男的給女的拿著東西與皮包，臉上冬夏常青的笑著，連腳踵都輕而帶彈力，好像也在發笑。女子的眼毛剛一看果子，男的腳指便笑著奔了果攤去，只撿包著細皺紙，印洋字藍戳的挑，不問價錢。老李不敢再看自己的太太，沒有圍巾，沒有小手袋，沒有卜——開了，卜——拉上的活扣棉鞋；只是一件棉袍，沒沿邊，而且太肥。有點對不起太太！決定給她買這些寶貝。自己不布爾喬亞是一件事，太太須布爾喬亞是另一件事；買！也得給孩子買鞋，小絨線帽。「你自己去挑！」他發了命令，心中是一團美意，可是說得十二分難聽。進了一家百貨店。

太太先挑圍巾，紅的太豔，綠的太老，黃的當然不行，藍的不錯，可惜太短……老李直向蔘說，「等著，等著媽媽挑好了，咱們試皮鞋。」這大概足以使全鋪子的人都減少些厭惡的心；老李要是當夥計的，早把太太給推出去了！幾乎所有的圍巾全拿出來了，太太這才問，「你說，要哪條好？」連這點主意都沒有，婦女！連什麼顏色好看都看不出！老李過來挑了條藍的。「藍的很時行，先生。」夥計好像從一生下來就沒哭過，而且歲數越大越愛笑。老李放下藍的，又拿起條紫的來。「玫瑰紫，太太戴正合適。」夥計的臉加緊發笑。老李的臉有點發熱，又把藍的拿起來。「還是這條好，先生，顏色正道，絨頭也長。」夥計臉上的笑意要跳起來吻誰一下才好。「還是你自己挑吧，」老李辭職了。夥計的笑臉轉向太太去。太太挑了條最不得人心的灰藍色的，一遇上陽光管保只剩下灰，一點也不藍。不過，到底是買成了一件，再看別的吧。

「先生請坐，您吸菸！」夥計們張羅。

老李既不吸菸，又不肯坐下，恐怕自己一坐下，叫太太想可以在這兒住一兩天也不礙事。

李太太要小孩的飯巾，要男人的衛生衣……所要的全是老李沒想到的。可是，飯巾確是比皮鞋還要緊，自己還沒有冬季衛生衣。婦女到底是婦女，她們有保衛生命的本能。然後又買花線，洋針，小剪子，這更出乎老李意料之外。家門口就有賣針線的，何必上市場來買？可是太太手中一個錢沒有，還不能在門口買任何零雜。他的錯兒，應當給太太點錢，她不是僕人，她有她必需的用品。

買了一大包東西，算了算才十五元二角七分，開來帳條，上面還貼好印花！怎麼拿著呢？夥計出了主意，「先放在這裡，逛完再來拿。」和氣，有主意，會拉主顧，一共才十五塊多錢！老李覺得生命是該在這些小節目上消磨的，這才有人情，有意思。那些給女的提皮包買果子的人們，不定心中怎樣快活呢！

繞到丹桂商場，老李把自己種在書攤子前面。李太太前呼後擁的腳有點不吃力了。看了幾次丈夫，他確是種在了那裡。英忽然不見了！隔著書攤一望，他在西邊，臉貼著玻璃窗看小泥人呢。

「英可上那邊去了，」太太的腳確是不行了。

「英，」老李極不滿意的放下書，抓著空向小夥計笑了笑。

×××

回到家中，已經快掌燈，菱在新圍巾裡睡著。英的精神十足，一進院裡就喊：「大嬸，看我的新帽子！」東屋大嬸沒出來，在屋中說，「真好！」

「北平怎樣？」老李問太太。

「沒什麼，除了大街就是大街——還就是市場好，東西多麼齊全哪！」

老李決定不請太太逛天壇和孔廟什麼的了。

第七

一

張大哥的「心病」回了家。這塊心病的另一名稱是張天真。暑假寒假的前四五個星期，心病先生一定回家，他所在的學校永遠沒有考試——只考過一次，剛一發卷子，校長的腦袋不知怎麼由項上飛起，至今沒有下落。

天真從入小學到現在，父親給他託過多少次人情，請過多少回客，已經無法計算。張大哥愛兒子的至誠與禮貌的周到，使託人情和請客變成一種藝術。在入小學第一年的時候，張大哥便托校長的親戚去給報名，因為這麼辦官樣一些，即使小學的入學測驗不過是那麼一回事。入學那天，他親自領著天真拜見校長教員，連看門的校役都接了他五角錢。考中學的時候，錢花得特別的多。考了五處，都沒考上，雖然五處的校長和重要的教職員都吃了他的飯，而且有兩處是校長太太親手給報名的。五處的失敗使他看清——人情到底沒托到家。所以在第六回投考的時候，他把教育局中學科科長懇求得直落淚，結果天真的總分數差著許多，由科長親自到學校去給短多少補多少，於是天真很驚異的納悶這回怎會及了格，而自己詛咒命運不佳，又得上學。入大學的時候——不，沒多少人準知道天真是正式生還是旁聽生；張大哥承認人情是托到了家，不然，天真怎會在大學讀書？

天真漂亮，空洞，看不起窮人，錢老是不夠花，沒錢的時候也偶爾上半點鐘課。漂亮：高鼻子，大眼睛，腮向下溜著點，板著臉笑，所以似笑非笑，到沒要笑而笑的時候，專為展列口中的白牙。一舉一動沒有不像電影明星的，約翰巴裡穆爾是聖人，是上帝。頭髮分得講究，不出門時永戴著壓髮的小帽墊。東交民巷俄國理髮館去理髮，因為不會說英語，被白俄老鬼看不起；給了一塊五的小帳，第二次再去，白俄老鬼敢情也說中國話，而且說得不錯。高身量，細腰，長腿，穿西服。愛「看」跳舞，假裝有理想，皺著眉照鏡子，整天吃蜜柑。拿著冰鞋上東安市場，穿上運動衣睡覺。每天看三份小報，不知道國事，專記影戲園的廣告。非常的和藹，對於女的；也好生個悶氣，對於父親。

回家了，就是討厭回家，而又不得不回家來。學校罷了課，不曉得為什麼，自然不便參加任何團體的開會與工作。上天津或上海吧，手裡又不那麼富裕，況且膽子又小，只好回家，雖然十二分不痛快。第一個討厭的是父親，第二個是家中的硬木椅子，封建制度的徽幟。母親無所謂。幸而書房裡有地毯，可以隨便燒幾個窟窿，往痰盂裡扔菸卷頭太費事。

張大嫂對天真有點怕，母親對長子理當如是，況且是這麼個漂亮，新式呂洞賓似的大兒子。兒子回來了，當然給弄點好吃的。問兒子，兒子不說，只板著臉一笑，無所謂。自己設計吧，又怕不合兒子的口味，兒子是不好伺候的，因為兒子比爸爸又維新著十幾倍。高高興興的給預備下雞湯煮餛飩，兒子出去沒回來吃飯。張大嫂一邊刷洗傢伙，一邊落淚，還不敢叫丈夫看見，收拾完了站在爐前烤乾兩個溼眼睛。兒子十二點還沒回來，媽媽當然該等著門。

一點半，兒子回來了。「喝，媽，幹嘛還等著我呢？」露了露白牙。

「你看，我不等門，你跳牆進來呀？」

「好了，媽，趕明兒不用再等我。」

「你不餓呀？」媽媽看著兒子的耳朵凍得像兩片山楂糕，「老穿這樣衣裳，多麼薄薄！」

「不餓，也不冷——裡邊有絨緊子。媽，來看看，絨有多麼厚！」兒子對媽媽有時候就得寬大一些，像逗小孩似的逗逗。

「可不是，真厚！」

「廿六塊呢，帳還沒還；道地英國貨！」

「不去看看爸爸？他還沒看見你呢！」媽媽眼中帶著懇求的神氣。

「明天再說，他準得睡了。」

「叫醒他也不要緊呀，他明天起得早，出去得早，你又不定睡到什麼時候。」

「算了吧，明天早早起。」兒子對著鏡子向後抹撒頭髮，光潤得像個漆光的檳榔杓兒。「媽，睡去吧。」

媽媽嘆了口氣，去睡。

兒子戴上小帽墊，坐在床邊上哼唧著一對愛的鳥，一邊剝蜜柑，順著果汁的甜美，板著臉一笑，想像著自己像巴裡穆爾。

二

張大哥對於兒子的希望不大——北平人對兒子的希望都不大——只盼他成為下得去的，有模有樣的，有一官半職的，有家有室的，一個中等人。科長就稍嫌過了點勁，中學的教職員又嫌低一點；局子裡的科員，稅關上的辦事員，縣衙門的收發主任——最遠的是通縣——恰好不高不低的正合適。大學——不管什麼樣的大學——畢業，而後鬧個科員，名利兼收，理想的兒子。作事不要太認真，交際可得廣一些，家中有個賢內助——最好是老派家庭的，認識些個字，胖胖的，會生白胖小子。天真的大學資格，是一定可以拿到手的，即使是旁聽生，到時候也得來張文憑，有人情什麼事也可以辦到。畢業後的事情，有張大哥在，不難：教育局，公安局，市政局，全有人。婚姻是個難題。張大哥這四五年來最發愁的就是這件事。自己當了半輩子媒人，要是自己娶個窩窩頭樣的兒媳婦，那才叫一交摔到西山去呢！不過這還是就女的一方面說，張大哥難道還找不到個合適的大姑娘？天真是塊心病。天真的學業，雖然五次沒考上中學是因為人情沒托到家，可是張大哥心中也不能不打鼓。天真的那筆字，那路白話夾白字的文章，張大哥未免寒心。別的都不要緊，作科員總得有筆拿得出手的字與文章。自然洋文好也能作科員科長，可是天真的洋文大概連白字也寫不出幾個。人情是得托，本事也得多少有一點，張大哥還不是一省的主席，能叫個大字不識的人作縣知事。這是塊病。萬一天真真不行，就滿打找住理想的兒媳婦，又怎樣呢？

還有，天真的行為也來得奇。說他是革命黨，屈心；不是，他又一點沒規矩，沒準稿子。說他硬，他只買冰鞋而不敢去滑冰，怕摔了後腦海。說他軟，他敢向爸爸立愣眼睛。說他糊塗，他很明白；說他明白，他又糊塗。張大哥沒有法子把兒子分到哪種哪類中去，換句話說，天真在他的天秤上忽高忽低，沒有準分兩。心病，沒法對外人說；知子莫如父，而今父親竟自不明白兒子！

天秤已經有一端忽上忽下，怎叫那一端不低昂不定？沒法給兒子定親，天下還有比這再難堪的事沒有？不給他定婚，萬一他……張大哥把兩隻眼一齊閉上了！

提到財產，張大哥自從廿三歲進衙門，到如今已作了廿七八年的事，錢，沒剩下多少，雖然事情老沒斷過，手頭看著也老像富裕。手頭看著富裕，正是不能剩錢的原因。架子。架子支到那塊是沒法省錢的。誠然，他沒有亂扔過一個小銅子，張大嫂沒錯花過一百錢，可是一頓涮羊肉就是五六塊。要請客——作科員能不請客嗎？——就得連香菜老醋都買頂鮮頂高的。自然五六塊一頓火鍋比十二塊一桌菜——連酒飯車錢和小帳就得二十來塊的——省得多了，可是五六塊到底是五六塊，況且抵不上常吃。兒女的教育費是一大宗，兒女又都不是省錢的材料。人情來往又是一大宗，況且張大哥是以出份子趕份子為榮的。他那年辦四十整壽的時候，整整進了一千號人情，這是個體面，絕大的體面，可是不照樣給人家送禮，怎能到時候有一千號的收入？

北平人的財產觀念是有房產。開舖子是山東山西——現在添上了廣東老——人們的事。地畝限於祖產和祖墳。買空賣空太不保險。上萬國儲金是個道兒，可是也不一定可靠。只有吃瓦片是條安全的路。張大哥有三處小房，連自己住的那處在內。當個科員能置買三處小房，在他的同事的眼中，這不亞於一個奇蹟。

天真以為父親是個財主。對秀真提到父親的時候，他的頭一歪——「那個資本老頭。」他不知道父親有多少錢，也不探問。父親不給錢，他希望「共產」。父親給錢，他希望別共了父親的產，好留著給他一個人花。錢到了手，他花三四塊理個髮，論半打吃冰淇淋，以十個為起碼吃橘子，因為聽說外國的青年全愛吃冰淇淋與水果。這些經常費外，還有不言不語，先斬後奏的臨時費：先買了東西，而後硬往家裡送帳條：資本老頭沒法不代償，這叫做不流血的「共產」法。

女兒也是塊心病，不過沒有兒子的那樣大。女兒生就是賠錢貨，從洗三那天起已打定主意為她賠錢，賠上二十來年，打發她出嫁，出嫁之後還許回娘家來掉眼淚。這是誰也沒辦法的事。老天爺賞給誰女兒，誰就得唱出義務戲。指著女兒發財是混帳話，張大哥不能出售女兒，可是憑良心說，義務戲誰也是捏著鼻子唱。到底是兒子，只要不是馬蜂兒子。天真是不是馬蜂兒子？誰敢斷定！

天真回來的那天，資本老頭一夜沒睡好。

三

天真的特點：懶，懦。

和媽媽定好第二天早起：爸爸上了衙門，他還正作著最好的那個夢呢。十點半才起來，媽媽特意給定下的豆漿，買下頂小頂脆的焦油炸果，洋白糖——又怕兒子不愛喝甜漿，另備下一碟老天義的八寶醬菜。兒子起來了，由打哈欠到擦完雪花膏，一點四十分鐘的工夫。

媽媽去收拾屋子，爸爸是資本老頭，媽媽是奴隸。天真常想到共爸爸的產，永遠沒想到釋放奴隸媽媽。沒人能信這是那麼漂亮的人的臥室：被了一半在地上，菸卷頭——都是自行燒盡的——把茶碟燒了好幾道奶油印，地上扔滿了報紙，報紙上扔著橘子皮，木梳，大刷子，小刷子。枕頭上放著篦子，拖鞋上躺著生髮油瓶。茶碗裡有幾個橘子核。換下的襪子在痰盂裡練習游泳。媽媽皺了眉。天真是道地出淤泥而不染，和街坊家王二嫂正是一對兒。王二嫂的被子能整片往下掉泥，鍋蓋上清理得下來一斤肥料，可是一出門，臉擦得像個銀娃娃，衣裳像些嫩蓮花瓣兒。自腕以上，自項而下，皆泥也。媽媽最不佩服王二嫂，可是恰好有這麼個兒子。

可是媽媽聞著兒子睡衣上的汗味，手絹上的香水與菸卷味，彷彿得到些安慰。這麼大，這麼魁梧，而又大妞兒似的兒子！媽媽抱著枕頭，想了半天女兒。女兒的小蘋果臉，那一笑！媽媽的眉頭散開了，看滿地的亂七八糟都有些意思。只盼娶一房漂漂亮亮的兒媳婦，可不要王二嫂那樣的。

媽媽收拾完了，兒子已早把豆漿等吃了個淨盡。

「媽，老頭這幾天手裡怎樣？」天真手插在褲袋裡，挺著胸，眼看著棚，腳尖往起欠，很像電影明星。

「又要錢？」媽媽不知是笑好，還是哭好。

「不是，得作一身禮服，我自己不要錢。有個朋友下禮拜結婚，請我作伴郎，得穿禮服。」

「也得二三十塊吧？」

天真笑了，板著臉，肩頭往上端，「別叫一百聽見，這還是常禮服。」

「那——和爸爸說去吧。據我想，為別人的事不便——」

「不能就穿一回不是？！」

「你自己說去吧！」

媽媽不肯負責，兒子更不願意和爸爸去交涉。

「您和爸爸有交情，給我說說！」兒子忽然發現了媽與爸有交情，牙都露出來。

「臭小子，我不和他有交情，和誰有——」媽拿笑補足後半句。兒子又露了露牙，繼而一想，媽媽大概是肯代為交涉了，應當把笑擴大一些，張了張嘴，吸進些帶著豆漿味的空氣。

四

晚上，爺兒倆見著面。天真吸菸，沒話可講。張大哥吸菸，沒話可講。天真看著藍煙往上升，張大哥斜眼看著菸斗。好大半天，張大哥覺得專看菸斗是辦不了事的：「天真，你還有多少日子就畢業了？」

「至多一年吧，」天真一點也不準知道什麼時候畢業。

「畢業後怎樣呢？」

「頂好上西洋留學。」天真正了正洋褲褲縫。

「哼——」張大哥又看上了菸斗。待了老大半天，「去學什麼呢？」

「到外國再說。也別說，近來很喜歡音樂，就研究音樂也不壞。」

「學音樂將來能掙多少錢呢？」

「藝術家也有窮的，也有闊的，沒準兒。」

「沒準兒」是張大哥最忌諱的三個字。但是不便和兒子辯論。又待了半天，「據我看，不如學財政好。」

「財政也行；那麼您一定送我留洋了？」天真立起來。

「我並沒那麼說！上外洋一年得多少錢？」

「還不得兩三千？」天真約摸著說。記得李正華在巴黎一年花六千。可是他養著三個法國姑娘，設若養一個的話，三千也許夠了。

張大哥不便於再說什麼。兒子敢向這樣家境的老子一年要三千，定不是個明白兒子，也就不必費話。

天真也不便再說，給父親一個草案，以後再慢慢進行，資本老頭的錢不能像流水那麼痛快。

「水仙好哇，今年，還是您自己晒的？」天真一陣明白，知道討資本老頭的喜歡是要去留洋的第一步，而誇獎老頭自己晒的水仙是討喜歡的捷徑。

「不算十分好，」資本老頭的眼從菸斗上挪到兒子的臉部，然後沈著氣立起來，「不算十分好。」走到水仙花那裡，用手在花苞的下面橫著一比，「去年的才這樣矮；今年的長荒了；屋子還是太熱。」

「您沒養洋水仙花，今年？」天真心裡直暗笑自己。

「太慢，非到陰曆二月初開不了，而且今年也真貴，四毛五分錢一頭！玩不起！可是好哇，上面看花，下面看根，養好了，根子這麼長。前天才聽說，洋水仙開過之後，等葉子乾了，把包兒頭朝下掛在不見陽光，乾的地方，到冬天就又能開花。事就奇怪，怎麼倒掛著，」菸斗頭朝了下，「就又能拔尖子呢？其中必有個道理！」張大哥顯出愛用思想的樣子。

「把小孩子倒栽蔥養著，大了準能作高官。」天真覺得自己非常的幽默，而且對父親過度的和氣。

爸爸覺得兒子真俏皮，聰明，哈哈的笑起來。

媽媽聽見父子的笑聲，進來向他們眨巴眼。

「你看，我說洋水仙倒掛起來，能再開花，天真說小孩子倒養著能作大官！哈哈哈……」

媽媽的笑聲震下棚頂一縷塔灰，「咱們可該掃房了，看這些灰！」

一家子非常的歡喜。

臨睡的時候：「天真還要留洋呢，一年兩三千！志向不錯呀，啊——」一個哈欠，「可是也得供給得起呀！」

「還要作禮服呢，得個整數，給人家作伴郎去。」媽媽也陪了個哈欠。

「一百？」

老兩口誰也沒再言語。

第八

一

小趙回來了。老李知道自己的罪名快判定了，可是心中反覺得痛快些，「看看小趙的，也看看太太的，」他心裡說。生命似在薄霧裡，不十分黑，也不十分亮，叫人哭不得笑不得。應當來些日光；假如不能，來陣暴風也好吹走這層霧；「看看小趙的！」

小趙是所長太太的人，可是並不完全替所長守著家庭間的祕密。可以說的他便說些給同事們聽，以便博得大眾的羨慕與尊敬。就是鬧到所長耳中去，小趙也不怕；不但是所長的官，連所長的命，全在所長太太手裡拿著：小趙是所長太太的人，所謂辦公便是給她料理私事，小趙不怕。他回來了，全局的人們忽的一齊把耳朵立起來，嘴預備著張開，等著聞所未聞，而低聲嘆氣。說真的，所謂所長太太的私事，正自神祕不測的往往與公事有關係，所以大家有時候也能由小趙的口中討得些政治消息。小趙回來的前兩天中，都被大眾這種希冀與探聽給包圍住：雖然向老李笑了笑，歪了歪頭，可是還沒得工夫正式來討伐。老李等著，好似一個大閃過去，等著霹靂。

應當先警告太太一聲不呢？老李想：矯正她的鞠躬姿式，教給她幾句該說的話？他似乎沒有這種精神去教導個三十出頭的大孩子。再說，小趙與其他同事的一切全是無聊，何必把他們放在心上呢？愛怎樣怎樣：沒意義！他看看太太做飯，哄孩子，洗衣裳，覺得她可憐。自己呢，也寂寞。她越忙，他越寂寞。想去幫助她些，打不起精神。小趙還計劃著收拾她！她可憐：越可憐越顯著不可愛，人心的狠毒是沒辦法的！他只能和孩子們玩。孩子們教給他許多有奇趣的遊戲法。可是孩子們一黑便睡，他除了看書，沒有別的可作。哼哼幾句二黃，不會。給她念兩段小說？已經想了好幾天，始終沒敢開口，怕她那個不了解，沒熱力，只為表示服從的「好吧」。

「我唸點小說，聽不聽？」他終於要試驗一下。

「好吧。」

老李看著書，半天沒能念出一個字來。

一本新小說，開首是形容一個城，老李念了五六頁，她很用心的聽著，可是老李知道她並沒能了解。可笑的地方她沒笑。老李口腔用力讀的地方，她沒任何表示。她手放在膝上，呆呆的看著燈，好像燈上有個什麼幻象。老李忽然的不念了，她沒問為什麼，也沒請求往下念。愣了一會兒，「喲，小英的褲子還得補補呢！」走了，去找英的褲子。老李也愣起來。

西屋裡馬老太太和兒媳婦咯囉咯囉的說話。老李心裡說，我還不如她呢，一個棄婦，到底還有個知心的婆婆一塊兒說會子話兒。到西屋去？那怎好意思！這個社會只有無聊的規禁，沒有半點快樂與自由！只好去睡覺，或是到四牌樓洗澡去？出去也好。「我洗澡去，」披上大衣。

她並沒抬頭，「帶點藍線來，細的。」

老李的氣大了：買線，買線，買線，男人是買線機器！一天到晚，沒說沒笑，只管買線，哪道夫妻呢！

洗澡回來，眉頭還擰著，到了院中，西屋已滅了燈，東屋的馬少奶奶在屋門口立著呢。看見他進來，好如夢方醒，嚇了一跳的樣子，退到屋裡去。

老李連大衣沒脫，坐在椅子上，似乎非思索一些什麼不可。「她也是苦悶，一定！她有婆母，可是能安慰她嗎？不能。在一塊兒住，未必就能互相了解。」他看了太太一眼，好像為自己的思想找個確實的證據。「夫婦還不能——何況婆媳！」他不願再往下想，沒用。喝著酒，落著淚，跟個知己朋友暢談一番，多麼好！誰是知己？沒有。就是有，而且暢談了，結果還不是沒用？睡去！

一夜的大風，門搖窗響，連山牆也好像發顫。紙棚忽嘟忽嘟的動，門縫一陣陣的往裡灌涼氣。什麼也聽不清，因為一切全正響。風把一切聲音吞起來，而後從新吐出去，使一切變成驚異可怕的叫喚著。刷——一陣沙子，啊——從空中飛過一群笑鬼。嘩啷嘩啦，能動的東西都震顫著。忽——忽——忽——，全世界都要跑。人不敢出聲，犬停止了吠叫。猛孤丁的靜寂，院中滾著個小火柴盒，也許是孩子們一件紙玩具。又來了，啊——，呼——屋頂不曉得什麼時候就隨著跑到什麼地方去。老李睡不著。乘著風靜的當兒，聽一聽孩子們，睡得呼吸很勻，大概就是被風颳到南海去也不會醒。太太已經打了呼。老李獨自聽著這無意識的惱人的風。伸出頭來，涼氣就像小錐子似的刺太陽穴。急忙縮回頭去，翻身，忍著；又翻身，不行。忽——風大概對自己很覺得驕傲，浪漫。什麼都浪漫，只有你——老李叫著自己——只有你不敢浪漫。小科員，鄉下老，循規守矩的在霧裡掙飯吃。社會上最無聊最腐臭的東西，你也得香花似的抱著，為那飯碗；更不必說打碎這個臭霧滿天的社會。既不敢浪漫，又不屑於作些無聊的事。既要敷衍，又覺得不滿意。生命是何苦來，你算哪一回？老李在床上覺得自己還不如一粒砂子呢，砂子遇上風都可以響一聲，跳一下；自己，頭埋在被子裡！明天風定了，一定很冷，上衙門，辦公事，還是那一套！連個浪漫的興奮的夢都作不到。四面八方都要致歉，自己到底是幹嘛的？睡，只希望清晨不再來！

二

「老李，你認什麼罰吧？」小趙找尋下來。

不必裝傻，認罰是最簡截的，老李連說：請吃飯，請吃飯！

邱先生們的鼻子立刻想像著聞見菜味，把老李圍上，正直的吳太極耍了個雲手，說，「在哪兒吃？」

老李想了會兒：「同和居。」心裡說：「能用同和居擋一陣，到底比叫太太出醜強的多！」

小趙的眼睛，本來不大，擠成了兩道縫。「不過，我們要看太太！偷偷的把家眷接來，不到趙老爺這裡來報案，你想想吧！」

老李看著吳太極問：「同和居怎樣？」好像同和居是此時的主心骨似的。

吳太極是無所不可，只要白吃飯，地方可以不拘。可是小趙不幹：「誰還沒吃過同和居？不經我批准，連大碗居誰也不用打算吃上！」吳太極嘁了一口氣。邱先生——苦悶的象徵——和小趙嘀咕了兩句，小趙羊燈似的點了點頭，然後對老李說：「這麼辦，請華泰大餐館吧。明天晚六點。吃完了，我們一齊給嫂夫人去請安。這規矩不？有面子不？」

老李連連點頭，覺得這一出不至於當場出彩了。

「張順——給華泰打電定座！幾個？」小趙按著人頭數了數，「還有張大哥，就說六七位吧。明天晚六點。提我；不給咱們房間，不揍死賊兔子們！」囑咐完張順，拍了老李的肩膀一下：「明天見，還得到所長家裡去，」然後對大家，「明天晚六點，不另下帖啦。」想了想，似乎沒有什麼可操心的了，「張順，找老王去，拉我上所長家裡去。」

「沒想到小趙能這樣輕輕的饒了我，」老李心中暗喜，「大概他也看人行事，咱平日不招惹他，他怎好意思趕盡殺絕！」

三

五點半老李就到了華泰。

六點半吳先生邱先生來到。吳先生還是那麼正直：「我替約了孫先生，一會兒就來。我來的太早了，軍人，不懂得官場的規矩。茶房，拿炮台菸。當年在軍隊裡，炮台菸，香檳酒：現在……」吳太極挺著腰板坐下追想過去的光榮。想著想著，雙手比了兩個拳式子，好像太極拳是文雅的象徵，自己已經是棄武修文，擺兩個拳式似乎就是作文官考試的主考也夠資格。

張大哥和孫先生一齊來了，張大哥說，「幹嘛還請客？」孫先生是努力的學官話，只說了個「幹嘛」，下半句沒有安排好，笑了一笑。

小趙到七點還沒來。

邱先生要了些點心，聲明：先墊一墊，恐怕回頭吃白蘭地的時候肚子太空。老李連半點要白蘭地的意思也沒有，可是已被邱先生給關了釘兒，大概還是非要不可。

「我可不喝酒，這兩天胃口又——」張大哥說。

老李知道這是個暗示，既然有不喝的，誰喝誰要一杯好了，無須開整瓶的；到底是張大哥。

外面來了輛汽車。一會兒，小趙抱著菱，後面跟著李太太和英。菱嚇得直撇嘴。見了爸，她有了主心骨，擰了小趙的鼻子一把。

「諸位，來，見過皇后！」小趙鄭重的向大家一鞠躬。

她不知怎好，把鞠躬也忘了，張著嘴，一手拉著英，一手在胸下拜了拜。小趙的笑往心中走，只在眉尖上露出一點，非常的得意。

「李太太，張羅張羅菸卷。」小趙把菸筒遞給她。她沒去接，英順手接過來，菱過來也搶，英不給，菱要哭。拍，李太太給英一個脖兒拐，英糊裡糊塗的只覺得頭上發熱，而沒敢哭，大家都要笑，而故意不笑出來。李太太的新圍巾還圍著，圍得特別的緊；還穿著那件藍棉袍，沒沿邊，而且太肥。她看看大家，看看老李，莫名其妙。

「李太太，這邊坐！」小趙把桌頭的椅子拉出，請她入坐。她看著丈夫，老李的臉已焦黃。救恩又來自張大哥，他趕緊也拉開椅子，「大家請坐！」

李太太見別人坐，她才敢坐。小趙還在後邊給拉著椅子，而且故意的拉得很遠，李太太沒留神，差點出溜下去。除了張大哥，其餘的眼全釘著她。

大家坐好，擺臺的拿過茶單來。小趙忙遞給李太太。她看了看，菱——坐在媽旁邊——拿過去了；「喲，還有發呢，媽，菱拿著玩吧？」她順手把茶單往小口袋裡放。小趙覺得異常有趣。「開白蘭地！」酒到了，他先給李太太斟滿一杯，李太太直說不喝不喝，可是立起來，用手攏著杯子。

「坐下！」老李要說，沒說出來，嚥了口唾沫。

小吃上來，當然先遞給李太太，她是座中唯一的女人。擺臺的端著一大盤，紙人似的立在她身旁。她尋思了一下，「放在這兒吧！」

小趙的笑無論如何忍不住了。

張大哥說了話：「先由這邊遞，茶房；不用論規矩，吃舒服了才多給小帳。」他也笑了笑。

菱見大盤子拿走，下了椅子就追，一跤摔在地上，媽媽忙著過來，一邊打地，一邊說：「打地，打，幹嘛絆我們小菱一跤啊？！」菱知道地該打，而且確是挨了打，便沒放聲哭，只落了幾點淚。

老李的頭上冒了汗。他向來不喝酒，可是吞了一大口白蘭地。李太太看人家——連丈夫——全端起酒來，也呷了一口，辣得直縮脖子，把菱招得咯咯的笑起來。

菱用不慣刀叉，下了手。媽媽不敢放下刀叉，用叉按著肉，用刀使勁切，把碟子切得直打出溜；爽性不切了，向著沒人的地方一勁嘛氣。

小趙非常的得意。

吳先生灌下兩杯酒，話開了河，昔日當軍人的光榮與現在練太極拳的成績，完全向李太太述說一番。她的臉紅一陣白一陣，不知說什麼好。幸而張大哥問了她幾句關於房子與安洋爐的事，她算是能找到相當的答對。孫先生也要顯著和氣，打著他自己認為是官話的話向她發問，她是以為孫先生故意和她說外國話，打了幾個岔，臉紅了幾陣，一句也答不出。孫先生心中暗喜，以為李太太不懂官話。

老李像坐著電椅，渾身刺鬧得慌。幸而小英在一旁問這個問那個，老李爽性不往對面看，用宰牛的力氣給英切肉。

小趙要和老李對杯，老李沒有抬頭，兩口把一杯酒喝淨。小趙回頭向李太太：「李太太。先生喝淨了，該您賞臉了！」李太太又要立起來。

「李太太別客氣，吃鬼子飯不論規矩。」張大哥把她攔住。

她要伸手拿杯子，張大哥又發了話：「老吳，你替李太太喝點吧：」白蘭地厲害，她還得照應著孩子們呢。」

吳太極覺得張大哥是看得起他，「老吳是軍人，李大嫂，喝個一瓶兩瓶沒關係。」一口灌下去一杯，哈了一聲，打了個抱虎歸山，用手背擦了擦嘴。還覺得不盡興，「老李，咱替了李太太一杯，咱倆得一對杯，公道不公道？請！」沒等老李說什麼，他又乾了一杯，緊跟著，「開酒！」

老李沒說什麼，也乾了一杯。

四

怎麼到了家，老李不知道，白蘭地把他的眼封上了。一路的涼風叫他明白過來，他看見了家，也看見了張大哥。看見張大哥，他的怒氣藉著酒氣衝了上來。但是他無論如何不能向張大哥鬧氣，張大哥不能明白他——沒有人能明白他！怒氣變為傷心，多少年積蓄下的眼淚只待總動員令。他裂著大嘴哭起來。英和菱嚇得不知道怎好，都藏在媽媽的身旁。媽媽沒吃飽，而且丟了臉，見丈夫哭，自己也不由的落淚。

張大哥由著老李哭，過去勸李太太：「大妹妹，不用往心裡去，這算不了什麼！那群人專會掏壞，沒有正經的。再遇上他們的時候，我告訴您，大妹妹，不管三七二十一，和他們嘴是嘴，眼是眼，一點別饒人，他們管保不鬧了；您越怕，他們越得意。」

「不是呀，大哥，您看我，我不慣那麼著呀，我哪鬥得過幾個大老爺們呀！」她越想越覺傷心，也要哭出聲來。

「大妹妹，別，看嚇著孩子們！」

李太太一聽嚇著孩子，趕緊把淚往肚子裡咽。擤了把鼻子，委委屈屈的說：「大哥您看，那個姓趙的來了，我不認識他，怎能和他走呢？可是他同丁二爺一塊來的，我——」

「啊，丁二爺？」

「是呀，我認識丁二爺，小趙說什麼，丁二爺都點頭，我幹嘛再多心呢？他又都說得有眉有眼！他說您大兄弟請了女客，叫我去陪陪，我心裡就想，要是不去，豈不叫您大兄弟不願意？我還留了個心眼，到西屋問了問馬老太太，老太太也認識丁二爺，說，去就去吧。及至到了那裡，我一看並沒有女客，就瞪了眼！沒看見過這麼壞的人，沒看見過！」

張大哥覺得她說了這一片，也當夠解氣的了，又過來勸老李：「老李，你睡去吧，這不算什麼，小趙的壞，何必跟他生氣？！」

老李連大氣也沒出；不便於說什麼，張大哥不懂。

這個工夫，馬老太太進來了。李太太走後，婆媳們又不放心了，念叨了一晚上。可是他們回來了，老李又哭起來，老太太莫名其妙。聽見老李住了聲才敢過來。「張先生，怎回事呀？」

「老李被同事們起鬨灌醉了，您還沒歇著哪，老太太？」

「沒哪，她們娘兒三個走後，我又不放心了，直提心吊膽的一大晚上！」

「老李呀，你睡去，我該走了，明天見。」張大哥似乎有把這一案交給馬老太太撕拉的意思。

老李沒有要送出張大哥的意思，可是似乎是出於習慣，不由的立起來。張大哥怕他再恍搖得吐了，攔住了他。

馬老太太和李太太說了幾句也回到西屋去。李太太抱著菱上床去落淚。

老李坐在火旁，喝了一大壺開水，心中還覺得渴。頭發緊，一聲不語，心中燒著個沒有火苗的悶火。他沒有和李太太鬧氣的意思，雖然她是出了醜。他恨自己。為什麼請小趙們吃飯？只為透著和氣？不，為是避免太太出醜；可是終於是出了醜，而且是花了許多的錢！為什麼怕太太出醜？跟小趙硬硬的，不請客，不請！小趙能把我怎樣了？我的太太就是那樣，就是那樣！幹什麼想迴避藏躲？自己，自己根本是腐朽社會意見的化身，不敢和無聊，瞎鬧，硬碰一碰，自己不算個人，沒有人氣！為什麼不端起酒杯，對準了潑在小趙臉上？或是捏著小趙的鼻子灌他一杯醋？只會自己生悶氣，不敢正眼看自己的太太！老覺得自己是個新人物，有理想，卻原來是道地的怯貨，不敢向小科員們說半個錯字，不敢不給他們作開心的資料！

老李恨小趙不似恨張大哥那麼深。對小趙，他只恨自己為什麼不當場叫他吃點虧，受點教訓，對張大哥，他沒辦法。這場玩笑，第一個得勝的是小趙，第二個是張大哥。看張大哥多麼細心圓到，處處替李太太解圍，其實處處是替小趙完成這個玩笑。為什麼張大哥不直接的攔阻小趙？或是當場鼓動我或太太和小趙，嘴是嘴，眼是眼？張大哥哪敢那麼辦！他承認小趙的舉動是對的，即使不是完全有分寸的。他承認李太太是該被人戲弄的，不過別太過火。那位二妹妹的丈夫，託人情考中了醫生，還要託人情免了庸醫殺人的罪名，這是張大哥的辦法！任著小趙戲弄英的媽，而從中用好像很聖明的方法給她排解，好叫她受盡嘲笑，這是他的辦法！他叫我接來家眷！

張大哥不敢得罪任何人，可是老李——他叫著自己——你自己呢？根本是和他一個模子刻出來的！你自己總覺得比張大哥高明，其實你比他還不濟！假如有人戲弄張大嫂？張大哥也許有種不得罪人的辦法替她解圍。老李你呢？沒有任何辦法！小趙是什麼東西？可是你竟自不敢得罪他。小趙替狗糞樣的社會演活動電影，你自己老老實實的給他作演員！還說什麼理想，革命，打倒無聊的社會規俗！哈，哈！

太太，自然是不高明。為什麼把她接來，那麼？誰把她接來的？就不敢像馬老太太的兒子那樣浪漫，連那樣想想也不敢！你一輩子只會吃社會的屎！既然接來，為什麼要藏藏躲躲？為什麼那件藍棉袍就不宜於上東安市場？為什麼她就見不得小趙？

老李的悶火差不多把自己要燒裂了。越想頭越疼，漸漸的他不能再清楚的思想了。

第九

一

老李醒得很早，不敢再睡。起來，用涼水抹了抹臉，涼得透骨，可是頭覺得輕鬆些。好歹穿齊了衣裳，上了街。街上清冷，有幾個行人都縮著脖子，揣著手，鼻子冒著熱氣，走得很快。上哪裡去？隨便走吧。不思索什麼，張大哥，小趙，吳太極，全不值得一想；在街上走，好了，走到哪兒是哪兒。幾片胭脂瓣色的薄雲橫在東方，頗有些詩意：什麼是詩意？啊，到了單牌樓。一家小牛奶鋪已經掛出招牌，房沿那溜微微有些不很明的陽光。進去，吃了碗牛奶，半塊點心，胃中有些發痛。再繞幾步，乾脆上衙門去，早早的，倒叫小趙看看我並不怕他。昨天為什麼不懲治他一頓？繞了個大圈，腿已有些發痠，到了那個怪物衙門。辦公室裡還沒有升火，坐下等著，老李是不會張順李順瞎喊的，好在科員們不喊，工友也不來，正好獨自靜坐一會兒。

坐了好久，連個鬼魂也沒露面。忽然工友們像見了妖精，忙成一團，所長到了。「有人來了沒有？有人沒有？」所長連喊。

「二科的李先生來了，」七八個嘴一致的回答。

「請，請，到所長室去！」

老李到了所長室，所長似乎並不認識他，雖然老李在他手下已經小二年。所長有件十萬火急的公事要頓時辦好，他自己帶到天津去。老李對公事很熟習，婆婆慢慢的開始動筆。所長在屋裡喝茶，咳嗽，擦臉，好像非常的忙，而確是不忙。所長的臉像塊加大的洋錢，光而多油，兩個小豆眼。一匹極大的肚子，小短腿，滾著走似乎最合適。

老李把公事辦好，遞給了所長，所長看完了公事，用小豆眼像檢定鈔票似的看了老李一眼。「李先生為什麼來這麼早？」老李自然不好意思說在家中鬧了氣，別的話一時也想不起，手心發了汗。工友們平日對老李正如所長對他那麼冷淡，今天見李科員在御前辦了公事，立刻增了幾倍敬意，一個資格較老的代老李回答：「李科員先生天天來得很早，是。」

所長轉了轉小豆眼，點了點頭，「好吧，李先生回來告訴祕書長，我到天津去，有要事打電話好了，他知道我的地點。」所長說罷，肚子似有動意，工友們知道所長要滾，爭著向外飛跑。衙門外汽車嘟嘟的響起來，給清冷的早晨加上一點動力。所長滾出來，爬進車去，呼——一陣塵土，把清冷的街道暫時布下個飛沙陣。

小趙預備著廣播李太太的出醜，一路上已打好了草稿，有枝添葉必使同事們笑得鼻孔朝天。哪知道，工友們也預備下廣播節目：所長怎麼帶著星光就來了，而李科員一手承辦了天大的公事，所長和李科員談了好大好大半天，一邊說一邊轉那對豆眼——誰也知道所長轉眼珠是上等吉卦。小趙剛一進衙門，他的文章還沒開口，已經接到老李的好消息。他登時改了態度，跑到科裡找老李。「我說，老李，所長真是帶著星星就來了嗎？」

「不過早一點罷了。」老李不便於說假話，可是小趙不十分相信，而且覺得老李的勁兒有點傲慢。

「辦什麼公事來著？」

老李告訴了他，並且拿出原稿給他看。小趙看不出公事有多大重要，可是覺得老李的態度很和平日不同。「說，老李，你和所長怎麼個認識？」

「我？所長沒到任，我就在這兒；他來了不知為什麼沒撤我的差。」

「啊！」小趙心裡說：「天下還有那麼便宜的事！單說所長太太手裡就還有三百多人，會無緣無故的留下你！老李這小子心裡有活，別看他傻頭傻腦的。」然後對老李，「我說，老李，所長沒應下你什麼差事呀？」

「辦一件公事有什麼了不得的？」老李心中非常的討厭小趙，可是到底不能不回答他。

「老李，大嫂昨天回家好呀，沒罵我？」

「哪能呢？她開了眼，樂得直並不上嘴！」老李很奇怪自己，居然能說出這樣漂亮話來。

小趙心裡更打了鼓；老李不但不傻，而且確是很厲害。同時；他要是和所長有一腿的話，我不是得想法收拾他，就得狗著他點；先狗他一下試試。「老李，今天晚上我還席，可得請大嫂子一定到。我去請幾位太太們；誰瞎說誰是狗！」

老李討厭請客，更討厭被請。不過，為和小趙賭氣，登時答應了。心裡說，「小子，你敢再鬧，不剝了你的皮！」

回家和太太一說，她登時瞪了眼。她本來預備著老李回來和她大鬧一場，因為雖然自己確是沒吃過洋飯，可是出醜到底是出醜；丈夫一清早就出去了！丈夫回來，並沒向她鬧氣，心中安頓了一些，雖然是莫名其妙。聽到又有人請客，而且還是小趙，淚當時要落下來——這一定是丈夫想用這種方法懲治我，再丟一回臉，而後二歸一，和我總鬧一回！

老李是不慣於詳細的陳說，話總是橫著出來，雖然沒意思吵嘴。於是兩下不來臺。

「我不能再去，還是那群人，昨晚上還沒把人丟夠，再找補上點是怎著？」李太太的臉都氣白了。

「正是因為那個，才必須去，叫他們看看到底那些壞招兒能不能把誰的鼻子擦了去！」

「自然不是你的鼻子！」

「我叫你去，你就得去；還有太太們呢！」

「不去定了，偏不去！」

老李知道這非鬧一陣不可了。可是有什麼意思呢？況且，犯得上和小趙賭氣嗎？賭過這口氣又怎樣？算了吧，愛去不去，我才不在乎呢！正在這麼想著，小英發了話：

「媽，咱們去！今個要再吃那大塊肉啊，我偷偷的拿回把叉子來，多麼好玩！」

老李借這個機會，結束了這個紛爭：「好了，英去，菱去，媽媽也去。」

太太沒言語。

「我五點回來，都預備好了。」

太太沒言語。

五點，老李回來，心裡想，太太準保是蓬著頭髮散著腿，一手的白麵渣兒。還沒到街門，看見英，菱，馬老太太都在門口站著呢。兩個孩子都已打扮好。

「老太太，昨個晚上沒——」老李找不到相當的字眼向她致歉。

「沒有，」老太太的想像猜著了他應當說什麼，「今天又出去吃飯？」

「是，」老李抱起菱來，「沒意思！」

「別那麼說，這個年頭在衙門裡作事，還短得了應酬？我那個兒——」老太太不往下說了，嘆了口氣。

李太太也打扮好了，穿著件老李向來沒看見過的藍皮袍，腰間瘦著一點，長短倒還合適，設若不嚴格的挑剔。

「馬大妹妹借給我的，」李太太說，趕緊補了一句，「你要是不——我就還穿那件棉袍去。」

「那天買的材料為什麼還不快做上？」

問題轉了彎，她知道不必把皮袍脫下來，也沒回答丈夫的發問，大概不是三言兩語所能說明的。

她的頭梳得特別的光，唇上還抹了點胭脂，粉也勻得很潤，還打得長長的眉毛，這些綜合起來叫她減少了兩歲在鄉間長成的年紀。油味，對於老李，也有些特別。

「東屋大妹妹給我修飾了半天。」李太太似乎很滿意。

為什麼由堅絕不去赴宴，改為高高興興的去，大概也與大妹妹有關係：老李想到，不便再問。

「馬奶奶看家，大嬸看家，我們走了。」李太太不但和氣，語聲都變得美婉了些，大概也是受了大妹妹的傳染。

小趙請的是同和居。他們不必坐車，只有那麼幾步！可是這麼幾步，英也走了一腳塵土，一邊走一邊踢著塊小瓦片：被爸說了兩句，不再踢了，偷偷的將瓦片拾起藏在口袋裡。

二

怪不得吳太極急於納妾。吳太太的模樣確是難以為情：虎背熊腰，似乎也是個練家子，可是一對改組腳，又好像不能打一套大洪拳——大概連太極都得費事。橫豎差不多相等，整是一大塊四方墩肉，上面放著個白饅頭，非常的白，彷彿在石灰水裡泡過三天，把眼皮鼻尖耳唇都燒紅了，眉毛和頭髮燒剩下不多。眉眼在臉上的布置就好像男小孩畫了個人頭輪廓，然後由女小孩把鼻眼等極謹慎的密畫在一處，四圍還余著很寬的空地，沒法利用。眼和耳的距離似乎要很費些事才能測定。說話兒可是很和氣，像石灰廠掌櫃的那樣。

吳太極不敢正眼看太太，專看著自己的大拳頭，似乎打誰一頓才痛快。

邱先生的夫人非常文雅，只是長相不得人心。瘦小枯乾，一槽上牙全在唇外休息著。剪髮，沒多少頭髮。胸像張乾紙板，隨便可以貼在牆上。邱先生對太太似乎十分尊敬，太太一說話，他趕緊看眾人的臉上起了什麼反應。太太說了句俏皮話，他巡視一番，看大家笑了，他趕快向太太笑一笑，笑得很悶氣。

孫先生的夫人沒來。他是生育節制的熱烈擁護者，已經把各種方法試行了三年，太太是一年一胎，現在又正在月子裡。作科員而講生育節制，近於大逆不道。可是孫先生雖「講」而不傷於子女滿堂，所以還被同事們尊敬，甚至於引起無後的人們的羨慕：「子女是天賜的，看人家孫先生！」

倒還是張大嫂像個樣子，服裝打扮都合身分與年紀。

小趙的太太沒來——不，沒人準知道他有太太沒有。他自己聲明有個內助，誰也沒看見過。

有時她在北平，有時她在天津，有時她也在上海，只有小趙知道。有人說，趙太太有時候和趙先生在一塊住，有時候也和別人同居；可是小趙沒自己這樣說，也就不必相信。

有太太們在座，男人們誰也不敢提頭天晚上的事，誰也沒敢偷著笑李太太一下；反之，大家都極客氣的招待她和兩個小孩。

老李把各位太太和自己的比較了一下，得到個結論：夫妻們原來不過是那麼一回事，「將就」是必要的；不將就，只好根本取消婚姻制度。可是，取消婚姻制度豈不苦了這些位夫人，除了張大嫂，她們連一個享受過青春的也沒有，都好像一生下來便是三十多歲！

方墩的吳太太，牙科展覽的邱太太，張大嫂，和穿著別人衣裳的李太太，都談開了。婦女彼此間的知識距離好似是不很大：文雅的大學畢業邱太太愛菱的老虎鞋，問李太太怎樣作。方墩太太和張大嫂打聽北平的醬蘿蔔屬哪一家的好。張大嫂與鄉下的李太太是彼此親家相稱。所提出的問題都不很大，可是彼此都可以得些立刻能應用的知識與經驗，比蘇格拉底一輩子所討論的都有意思的多。據老李看，這些細小事兒也比吳先生的太極拳與納妾，小趙的給所長太太當差，張大哥的介紹婚姻，更有些價值。而且女人們——特別是這些半新不舊的婦道們——只顧彼此談話，毫不注意她們的丈夫，批評與意見完全集中在女人與孩子們，決牽涉不到男人身上；男人們一開口就是女的怎樣，討厭！老李頗有些羨慕與尊敬女人的意思，幾乎要決定給太太買一件皮袍。

飯吃得很慢，誰也沒敢多喝酒，很有禮貌。吳太極雖然與張大哥坐一處，連一個「妾」字也沒敢說。孫先生也沒敢宣傳生育節制的實驗法，只乘著機會練習了些北平的俗語，如「豬八戒照鏡子，裡外不是人」之類。小趙本想打幾句哈哈，幾次剛一張嘴，被文雅的邱太太給當頭炮頂了回去。邱先生本要給太太鼓掌，慶祝勝利，被太太的牙給嚇老實了——邱太太用當頭炮的時候，連下邊一槽牙也都露出來，頗有些咬住耳朵不撒嘴的暗示。老李覺得生命得到了平衡，即使這幾位太太生下來便是三十多歲，也似乎沒大關係。

飯後，太太們交換住址，規定彼此拜訪的日期，親熱得好似一團兒火。

三

過了兩天，老李從衙門回來，看太太的臉上帶著些不常見的笑容，好像心中有所獲得似的。

「吳太太來了，」她說。

他點點頭，心裡說，「方墩！」

「吳太太敢情也不省心呀？」她試著路兒說。

「怎麼？」

「吳先生敢情不大老實呢！」

老李哼了一聲。男人批評別人的太太，婦人批評自己的丈夫！

「他淨鬧娶姨太太呢，敢情！吳太太多麼和氣能幹呀，還娶姨太太幹嘛？！」

老李心中說，「方墩！」

「你可少和吳先生在一塊打聯聯。」

啊，有了聯盟！男人不專制，女人立刻抬頭，張大哥的天秤永遠不會兩邊同樣份量，不是我高，便是你低，不會平衡！「我和他有什麼關係呢？」
「我是這麼說；吳太太說男人們都不可靠。」
「我也不可靠？」
「沒你的事，她不過那麼說說，你就值得疑心？」話雖然柔和，可是往常她就不敢這樣說。
老李想囑咐她幾句，不用這麼拉老婆舌頭，而且有意要禁止她回拜方墩太太去，可是沒說出來。對於尊敬婦女的意思，可是，掃除了個乾乾淨淨。男女都是一樣，無聊，沒意義，瞎扯！婚姻便是將就，打算不將就，頂好取消婚姻制度。家庭是個男女，小孩，臭蟲，方墩樣的朋友們的一個臭而瞎鬧的小戰場！老李恨自己沒膽氣拋棄這塊汙臭的地方！只是和個知己——不論是男是女——談一談才痛快；哪裡去找？家庭是一汪臭水，世界是片沙漠！什麼也不用說，認命！

四

李太太確是長了膽子。張大嫂，吳方墩，邱太太，剛出月子的孫太太，組成了國際聯盟；馬家婆媳也是會員國。她說話行事自然沒有她們那樣漂亮，那樣多知多懂，那樣有成見，可是傻人有個傻人緣。況且因為她，她們才可充分表示憐愛輔助照管指導的善意，她是弱小國家，她們是國聯行政院的常務委員。她們都沒有像英和菱這樣的孩子，張大嫂的兒女已長大，孫太太的又太小，邱太太極希望得個男孩，可是紙板樣的身體，不易得個立體的娃娃；只就這兩個小孩發言立論，李太太就可以長篇大論，振振有詞。邱太太雖是大學畢業，連生小孩怎樣難過的勁兒都不曉得，還得李太太太講給她聽。還有，她來自鄉間，說些莊稼事兒，城裡的太太覺得是聽鼓兒詞。邱太太就沒看見過在地上長著的韭菜。

依著馬少奶奶的勸告，李太太剪了髮，並沒和丈夫商議。髮留得太長，後邊還梳上兩個小辮。吳方墩說，有這一對小辮可以減少十歲年紀；老李至少也得再遲五年才鬧納妾。可是老李看見這對小辮直頭疼，想不出怎樣對待女人才好；還是少開口的為是，也就閉口無言。可是夫妻之間閉上嘴，等於有茶壺茶碗，而沒有茶壺嘴，倒是倒不出茶來，趕到憋急了，一倒準連茶葉也倒出來，而且還要灑一桌子。老李想勸告她幾句：「修飾打扮是可以的，但是要合身分，要素美；三十多歲梳哪門子小辮？」這類話不好出口，所以始終也沒說，心裡隨時憋得慌。況且，細咂這幾句的味道，根本是布爾喬亞；老李轉過頭來看不起自己。看不起自己自然不便再教訓別人。

對於錢財上，她也不像原先那樣給一個就接一個，不給便拉倒，而是時時向丈夫咕唧著要錢。不給妻子留錢，老李自己承認是個過錯，可是隨時的索要，都買了無用的東西，雖然老李不惜錢，可也不願看著錢扔在河裡打了水漂兒。誰說鄉下人不會花錢？張家，吳家，李太太常去，買禮物，坐來回的車⋯⋯回來並不報告一聲都買了什麼，而拉不斷扯不斷的學說方墩太太說了什麼，邱太太又作了什麼新衣裳。老李不願聽，正和不願聽老吳小趙們的扯淡一樣。在衙門得聽著他們扯，回家來又聽她扯，好像嘴是專為閒扯長著的。況且，老李開始覺到錢有點不富裕了。

更難堪的是她由吳邱二位太太學來些怎樣管教丈夫的方法。方墩太太的辦法是：丈夫有一塊錢便應交給太太十角；丈夫晚上不得過十點回來，過了十時鎖門不候。丈夫的口袋應每晚檢查一次，有塊新手絹也當即刻開審——這個年月，女招待，女學生，女理髮師，女職員，女教習，隨時隨處有拐走丈夫的可能。邱太太的辦法更簡單一些，凡有女人在，而丈夫不向著自己太太發笑，咬！

果然有一天，老李十一點半才回來，屋門雖沒封鎖，可是燈息火滅，太太臉朝牆假睡，是假睡，因為推她也不醒嗎！老李曉得她背後有聯盟，勸告是白饒，解釋更顯著示弱，只好也躺下假睡。身邊躺著塊頑石，又糊塗又涼，石塊上邊有一對小辮，像用殘的兩把小乾刷子。「訓練她？張大哥才真不明白婦女！『我』現在是入了傳習所！」老李嘆了口氣。有心踹她一腳，沒好意思。打個哈欠，故意有腔有調的延長，以便表示不睏，為是氣她。

老李睡不著，思索：不行，不能忍受這個！前幾天的要錢，剪髮，看朋友去，都是她試驗丈夫呢；丈夫沒有什麼表示，好，叫著抓住門道。今個晚上的不等門是更進一步的攻擊，再不反攻，她還不定怎麼成精作怪呢！在接家眷以前，把她放在糊塗蟲的隊伍中；接家眷的時候，把她提高了些，可以明白，也可以糊塗；現在，決定把她仍舊發回原籍——糊塗蟲！原先他以為太太與摩登婦女的差別只是在那點浮淺的教育；現在看清，想拿一點教育補足愛情是不可能的。先前他以為接家眷是為成全她，現在她倒旗開得勝，要把他壓下去。她的一切都討厭！半夜裡吵架，不必：怕嚇住孩子們。但是不能再和這塊頑石一塊兒躺著。他起來了摸著黑點上燈，掀了一床被子，把所有的椅子全搬到堂屋拼成一個床。把大衣也蓋上。躺了半天，屋裡有了響動。

「菱的爹，你是幹嘛呀？」她的聲音還是強硬，可是並非全無悔意。

老李不言語，一口吹滅了燈，專等她放聲痛哭：她要是敢放聲的嚎喪，明天起來就把她送回鄉下去！

太太沒哭。老李更氣了：「皮蛋，不軟不硬的皮蛋！橡皮蛋！」心裡罵著。小說裡，電影裡，夫婦吵架，而後一摟一吻，完事，「愛與吵」。但是老李不能吻她，她不懂：沒有言歸於好的希望。愛與吵自然也是無聊，可是到底還有個「愛」。好吧，我不愛，也不吵：頑石，糊塗蟲！

「你來呀，等凍著呢！」她低聲的叫。

還是不理，只等她放聲的哭。「一哭就送去，沒二句話！」老李橫了心，覺得越忍心越痛快。半夜裡打太太的人，有的是；牛似的東西還不該打！

「菱的爹，」她下了床，在地上摸鞋呢。

老李等著，連大氣不出。街上過去兩次汽車，她的鞋還沒找著。

「你這是幹嘛呢？」她出來了：「我有點頭疼，你進來我沒聽見，真！」

「不撒謊不算娘們！」他心裡說。

「快好好的去睡，看凍著呢！洋火呢？」她隨問隨在桌子上摸，摸到了洋火，點上燈，過來掀他的被子。「走，大冷的天！」

老李的嘴閉得像鐵的，看了她一眼。她不是個潑婦，她的眼中有點淚。兩個小辮撅撅著，在燈光下，像兩個小禿翅膀。不能愛這個婦人，雖然不是潑婦。隨著她進了屋裡，躺下。等著她說話，她什麼也沒再說。又睜了半天眼，想不出什麼高明招數來，賭氣子睡了。

第十

第十一

舊曆年底。過年是為小孩，老李這麼想，成人有什麼過年的必要？給英們買來一堆玩具，覺得盡了作父親的責任，新年自然可以快樂的過去。

李太太看別人買東道西，挑白菜，定年糕，心裡直癢癢，眉頭皺得要往下滴水。

老李看出來，成人也得過年；不然，在除夕或元旦也許有懸梁自盡的。給了太太二十塊錢。「你愛買什麼就買什麼，把錢都給了狗也好，」心裡說。

趕上個星期天，他在家看孩子，太太要大舉進攻西四牌樓。

馬老太太也提著竹籃，帶著十來個小罐，去上市場收莊稼。

老李和英們玩開了。菱叫爸當牛，英叫爸當老虎。爸覺得非變成走獸不可，只好彎著身來回走，菱粗聲的叫著。

「菱，」窗外細聲的叫，「菱，給你這個。」

「哎——」菱像小貓嬌聲低叫似的答應了聲，開開門。

老李急忙恢復了原形。馬少奶奶拿著一個鮮紅的扁蘿蔔，中間種好一個鵝黃的白菜心，四圍種著五六個小蒜瓣，頂著豆綠的嫩芽。「啊，大哥在家哪？大嫂子呢？」她提著那個紅玩藝，不好意思退回去。

「她買東西去了，」老李的臉紅了，嚥了口氣，才又說出來：「您進來！」

她不願進去，可是菱扯住她不放，英也上來抱住腿。

老李這才看明白她，確是好看！不算美：好看。渾身上下沒有一處不調勻，不輕巧。小小的身量，像是名手刻成的，肩頭，腿肚，全是圓圓的。挺著小肉脊梁，項與肩的曲線自然，舒適，圓美。長長的臉，兩隻大眼睛，兩道很長很齊的秀眉。剪著髮，腦後也紮了兩個小辮——比李太太的那兩個輕俏著一個多世紀！穿著件半大的淡藍皮袍，自如，合適，露著手腕。一些活潑，獨立，俊秀的力量透在衣裳外邊，把四圍的空氣也似乎給感映得活潑舒服了，像圍著一個石刻傑作的那點空氣。不算美；只是這點精神力量使她可愛。

老李把她看得自己害了羞！她往前走了兩步，全身都那麼處處活動，又處處不特別用力的，不自覺而調和的，走了兩步。不是走，是全身的輕移。全身比那張臉好看的多。「我把這個掛在哪兒，英？」她高高的提著那個蘿蔔。「不是拿著玩的；掛起來；趕明兒白菜還開小黃花呢。」她對英們說，可是並沒故意躲避著老李。

「叫爸頂著！」英出了主意。

老李笑了。馬少奶奶看了看，沒有合適的地方，輕輕把蘿蔔放在桌上，「我還有事呢，」說著就往外走。

「玩玩，玩玩！」菱直央告。

老李急於找兩句話說，想不出。忽然手一使勁，來了一句：「您娘家貴姓呀？」不管是否顯著突乎其來，反正是一句話。她沒嚇一跳，唇邊起了些笑意，同時：「姓黃，」那些笑意好似化在字的裡邊，字並不美，好聽。

「不常回娘家？」他似乎好容易抓到一點，再也不肯放鬆。

「永遠不回去，」她拍著菱的頭髮說，「他們不許我回去。」

「怎麼？」

她又笑了笑，可是眉頭皺上了些，「他們不要我啦！」

「那可太——」老李想不出太怎麼來。

「菱，來，跟我玩去。」她拉著菱往外走。

「我也去！」英抱起一堆玩物，跟著往外走。

她走到門口，臉稍微向內一偏，微微一點頭。老李又沒想起說什麼好。他獨自看著那個紅蘿蔔，手插在褲袋裡，「為什麼娘家不要她了呢？」

二

李太太大勝而歸。十個手指頭沒有一個不被麻繩殺成了紅印的，雙手不知一共提著多少個包兒。鼻尖凍得像個山裡紅，可是威風凜凜，屋門就好似凱旋門。二十塊只剩了一毛零倆子兒，還沒打醬油，買羊肉，和許多零碎兒。老李不便說什麼，也沒誇獎她。她專等丈夫發問，以便開始展覽戰利品，他始終沒言語。她嘆了口氣，「羊肉還沒買呢！」他哼了一聲。

老李心中直責備自己：為什麼不問她兩句，哪怕是責備她呢，不也可以打破僵局嗎？可是只哼了一聲！他知道他的心是沒在家，對於她好像是看過兩三次的電影電影，完全不感覺趣味。

丁二爺來了，來送張家給乾女兒的年禮。英們一聽丁二大爺來了，立刻倒戈，覺得馬嬸娘一點也不可愛了，急忙跑過來，把玩藝全放在丁二大爺的懷裡。丁二爺在張大哥眼中是塊廢物，可是在英們看，他是無價之寶。

老李對丁二爺沒什麼可說的。可是太太彷彿得著談話的對手。她說的，丁二爺不但是懂得，而且有同情的欣賞。

「天可真冷！」她說。

「夠瞧的！滴水成冰！年底下，正冷的時候！」他加上了些註解。

「口蘑怎那麼貴呀！」李太太嘆息。

「要不怎麼說『口』蘑呢，貴，不賤，真不賤！」丁二爺也嘆息著。

老李要笑，又覺得該哭。丁二爺是廢物，當然說廢話，可是自己的妻子和廢物談得有來有去的！打算夫婦和睦，老李自己非也變成個丁二爺不可：可是誰甘於作廢物，說廢話！「您坐著，我出去有點事，」老李抓起帽子走了出去。他走後，太太把買來的東西全和丁二爺研究了一番，他給每件都順著她的口氣加上些有份量的形容：很好，真便宜，太貴……李太太越說越高興，以為丁二爺是天下唯一能了解她的人。英們也愛他。英說，「二大爺當牛！」二大爺立刻說，「當牛，當牛，我當牛！」菱說，「二大，舉菱高高！」二大立刻把她舉起來，「舉高高，舉菱高高！」把二大爺和爸比較起來，爸真不能算個好玩的人。英甚至於提議：「二大爺，叫爸當你的爸，你呀當我們的爸，好不好？」二大爺很高興，似乎很贊成這種安排法。媽媽也不由的這樣想：設若老李像丁二爺，那要把新年過得何等快活如意！可惜，丁二爺不會賺錢，而老李倒是個科員——科員自然是要難伺候一些的。

老李沒回來吃午飯。太太心中嘀咕上了。莫非他還記恨著那天晚上的碴兒？也許嫌我花銀太多？還是討厭丁二爺？她看見了那個扁紅蘿蔔。「這是哪兒來的？」

「東屋大嬸給送來的，」英說。

「我上街的時候，她進來了？」

菱搶在英的前面：「媽去，嬸來，爸當牛。」

「啊！」天大的一個「啊」！一夜夫妻百日恩，他不能還記恨著我。丁二爺是好人。花錢，男人賺錢不給太太花，給誰？給養漢老婆花？其中有事！人家老婆不在家，你串哪家子門兒呀？你的漢子不要你，幹嘛看別人的漢子眼饞呀？李太太當時決定，把東屋的野老婆除名，不能再算國聯的會員國，而且想著想著出了聲：「英，菱，」聲音不小，含有廣播的性質。「英，少上人家屋裡去！自己沒有屋子嗎？聽見沒有？小不要臉的！撞什麼喪，別叫我好說不好聽的胡卷你們！」

英和菱瞪了眼，不知媽打哪裡來的邪氣。

李太太知道廣播的電力不小，心中已不那麼憋得慌。把種著鵝黃色菜心的紅蘿蔔一捧，捧在痰盂裡，更覺得大可以暫告一段落。

三

老李是因為躲丁二爺才出去，自然沒有目的地。走到順治門，看了看五路電車的終點，往回走。走到西單商場又遇上了丁二爺。丁二爺渾身的衣裳都是張大哥絕對不想再留著的古玩，在丁二爺身上說不清怎麼那樣難過，棉袍似秋柳，褲子像蓮蓬簍，帽子像大鮮蘑菇，可是絕對不鮮。老李忽然覺得這個人可憐。或者是因為自己覺得餓與寂寞，他莫名其妙的說了句：「一塊去吃點東西怎樣？」

丁二爺嗞了口氣，而後吐出個「好」！

在商場附近找了家小飯館。老李想不起要什麼好，丁二爺只向著跑堂的搓手，表示一點主張也沒有。

「來兩壺酒？」跑堂的建議。

「對，兩壺酒，兩壺，很好！」丁二爺說。

其餘的，跑堂建議，二位飯客很快的透過議案。

老李不大喝酒，兩壺都照顧了丁二爺。他的臉漸漸的紅上來，眼光也充足了些，腮上掛上些笑紋，嘴唇咂著酒味動了幾次，要說話，又似乎沒個話頭兒。看了老李一眼，又對自己笑了笑，口張開了：「兩個小孩真可愛，真的！」

老李笑著一點頭。

「原先我自己也有個胖男孩，」丁二爺的眼稍微溼了點，臉上可是還笑著。「多年了，」他的眼似乎看到很遠的過去，「多年了！」他拿起酒盅來，沒看，往唇上送；只有極小的一滴落在下唇上。把盅子放下，用手搗著，愣了半天，嘆了口氣。

老李招呼跑堂的，再來一壺；丁二爺連說不喝了，可是酒到了，他自己斟滿。呷了一口，「多年了！」好像他心中始終沒忘了這句。「李先生，謝謝你的酒飯！多年了！」他又喝了一口。「婦女，婦女，」他臉上的笑容已經不見，眼直看著酒盅，「婦女最不可靠，最不可靠，您不惱丁二，沒出息的丁二，白吃飯的丁二，這麼說？」

老李覺著不大得勁，可是很願聽聽他說什麼，又笑了笑，「我也是那麼看。」

「啊！丁二今天遇見知己：喝一口，李先生！我說婦女不可靠：看我這個樣，看！都因為一個女人，多年了！當年，我也曾漂亮過，也像個人似的。娶了親，哼！她從一下轎就嫌我，不知道為什麼，很嫌我！我怎麼辦？給她個下馬威：哼！她連吃子孫餑餑的碗都摔了。鬧吧，很鬧了一場：歸齊，是我算底：丁二是老實人，很老實！她看哪個男人都好，只有我不好！誰甘心當王八呢？但是——喝一口，李先生。但是，我是老實人。三年的工夫，我是在十八層地獄裡！一點不假，第十八層！打，我打不了，老實，真老實！我只能一天到晚拿這個，」他指了指酒盅，「拿這個好歹湊合著渡過一天，一月，一年，一共三年！很能喝點，一斤二斤的，沒有什麼，」他笑了笑，似乎是自豪，又像是自愧。

老李也抿了一口酒，讓丁二爺吃菜，還笑著鼓舞著丁二往下說。

「事情丟了：誰要醉鬼呢？從車上翻出來，摔得鼻青臉腫；把剛開的薪水交給要飯的；把公事卷巴卷巴當火紙用；多了，真多，都是笑話。可是醉臥在洋溝裡，也比回家強！強的多！自己的胖小子，就不許我逗一逗，抱一抱；還有人說，那不是我丁二的兒子！她要是把孩子留下，她自己乾脆跑了，丁二還能把酒一斷，成個人。她不跑，及至她把我人和錢全耗淨，我連一件遮身的大衫都沒有了，她跑了，帶著我的兒子！我還有什麼活頭呢？有人送給我一件大衫，我也把它賣了，去喝酒。張大哥從小店裡，把我掏了出來，我只穿著半截褲子，臘月天，小店裡用雞毛蒜皮燒著火！我忘不了她，忘不了我的兒子。她在哪兒呢？幹什麼呢？我一天到晚，這麼些年了，老盼望有封信來——不管是打哪兒來的——告訴我個消息。郵差是些奇怪的人，成天成年給人家送信，只是沒有我的。兒子。唉！完了，我丁二算是完了！婦女要是毀人，毀到家，真的！李先生，謝謝你的酒飯！見了張大哥別說我喝酒來著：一從一入他的家門，沒喝過一滴酒。李先生，謝謝你！」

「你還沒吃飽呢？」老李攔住了他。

「夠了，真夠了，遇見了知己，不餓。多年了，沒人聽我這一套。天真，秀真，小的時候，還愛聽我說：現在，他們長大了，不再願聽。謝謝。李先生！我夠了：得上街去溜一溜嘴裡的酒味：叫張大嫂聞見，了不得，很了不得！」

四

老李心中堵得慌。一個女人可以毀一個，或者不止一個，男子：同樣的，男人毀了多少婦女？不僅是男女個人的問題，不是，婚姻這個東西必是有毛病。解決不了這樣大的問題，只好替自己和丁二爺傷心。丁二爺不那樣討厭了。世上原沒討厭的人，生活的過程使大家不快活，不快活自然顯著討厭：大概是這麼事，他想。假如丁二爺娶了李太太，假如自己娶了——就說馬少奶奶吧，大概兩人的生活會是另一個樣子？可也許更壞，誰知道！他上了天橋，沒看見一個討厭的人，可是覺得人人心的深處藏著些苦楚。說書的，賣藝的，唱蹦蹦戲的，吆喝零碎布頭的，心中一定都有苦處。或者那聽書看戲捧角的人中有些是快活的。可是那種快活必是自私的，家中有幾個錢，有個滿意的老婆，都足以使他們快活，快活得狹小，沒意義，像臭土堆上偶爾有幾根綠草，既然不足以代表春天，而且根子扎在臭土堆上，用人生的苦痛煩惱不平堆起來的。

回到家中，孩子們已鑽了被窩。太太沒盤問他，臉上可是帶著得意的神氣。

李太太確是覺著得意，指槐罵柳的捲了馬少奶奶一頓，馬少奶奶連個大氣也沒出：理直的氣壯，馬少奶奶的理不直，怎能氣壯？李太太越想越合理。丈夫回來了，鼻子耳朵都凍得通紅，神氣也不正，都是馬家的小娘們的錯兒！丈夫就是有錯也可以原諒：那個小不要臉的是壞東西。對丈夫不要說穿，只須眼睛長在他身上，不要叫那個小壞東西得手。況且已經罵了她一頓，她一時也未必敢怎樣。保護丈夫是李太太唯一的責任。她想得頭頭是道，彷彿已經爭服了磚塔胡同和西四牌樓一帶。對丈夫，所以，得拿出老大姐的氣派，既不盤問上哪兒去了一天，並且臉上掛出歡迎他回來的神氣：叫他自己去想！

老李以為太太的得意是由於和丁二爺談得投緣。由她去。可是太太要跟了丁二爺去，自己該怎樣呢？誰知道！丁二是可憐的廢物。

李太太急於要知道的是馬少奶奶有什麼表示。設若她們在院中遇見，而馬少奶奶的鼻子不是鼻子，眼睛不是眼睛，那便有點麻煩。絕不怕她，不過既然住著人家的房，萬一鬧大發了，叫人家攆著搬家，事兒便鬧明，而自己就得面對面的和丈夫見個勝負。雖說丈夫也沒什麼可怕的，可是男人的脾氣究竟是暴的，為這個事挨頓打，那才合不著呢！李太太不怕：稍有點發慌。不該為嘴皮子舒服而惹下是非。再說捉姦要雙：哪能只憑一個紅蘿蔔？就是捉姦要雙的話，也還沒聽說過當媳婦的一刀兩個把丈夫和野娘們一齊殺死！哪個男人是老實的？可是誰殺了丈夫不是謀害親夫？越想越繞不過花兒來，一夜沒有睡好，兩次夢見野狗把年糕偷了走。

第二天，他很想和馬少奶奶打個對面。正趕上天很冷，馬少奶奶似乎有不出屋門的意思：李太太自己也忙著預備年菜，一時離不開廚房。蒸上饅頭之際，忽然有了主意：「英，上東屋看看大嬸去。」

「昨兒不是媽不准我再去嗎？」黑小子的記憶力還不壞。

「那是跟你說著玩呢；你去吧。」

「菱也去！」她早就想上東屋去。

「都去吧；英，好好拉著菱。」

兩位小天使在東屋玩了有一刻來鐘，李太太在屋門口叫，「英啊，該家來吧，別緊自給大嬸添亂，大年底下的！」

「再玩一會兒！」英喊。

「家來吧，啊？」李太太急於聽聽馬少奶奶的語氣。

「在這兒玩吧，我不忙。」馬少奶奶非常的和氣。

「吃過了飯，大妹妹？」李太太要細細的化驗化驗。

「吃過了，您也吃了吧？」非常的和藹，好聽。

一塊石頭落了地：「莫非她昨天沒聽見？」李太太心裡說。然後大聲的：「你們都好好的，不許和大嬸訕臉，聽見沒有？」

看著蒸鍋的熱氣，李太太心裡那塊小石頭又飛來了。「她不能沒聽見。也許是裝蒜呢，嘴兒甜甘心裡辣！也許是真不敢惹我？本來是她不對，就是抓破了臉，鬧起來，也是她丟人。二十來歲的小媳婦，沒事兒上街坊屋裡去找男人！」這麼一想，心中安頓下去，完全勝利！

五

年底末一次護國寺廟會。風不小，老李想廟上人必不多，或者能買到些便宜花草什麼的；買些水仙，或是兩盆梅花，好減少些屋中的俗氣。所謂俗氣，似乎是指著太太而言，也許是說張大嫂送來的那付對聯，未便分明的指定。

廟上人並不少，東西當然不能賤賣，老李納悶人們對過年為什麼這樣熱心。大姑娘，小媳婦，痰喘咳嗽的老頭子，都很勇敢的出來進去；有些個並不買東西，彷彿專為來喝風受凍吃土看大姑娘。生命大概是無聊，老李想，不然——剛想到這兒，他幾乎要不承認他是醒著了，離他不遠，正在磁器攤旁，馬少奶奶！他的臉忽的一下熱起來。

「走哇，大年底下的別發呆呀！」一個又糟又倔的老頭子推了老李一把。

他器械的往前挪了兩步，不敢向她走去，又願走過去。他硬著膽子，迷迷糊糊的，假裝對他自己不負責任的，向她走了去。怕他自己的膽氣低降，又怕她抽身走開，把怕別的事的顧慮都壓下去；不管一切了，去，去，鼓舞著自己；別走，別走，心中對她禱告著！今天就是今天了，打開一切顧忌，作個也還敢自由一下的人！

她彷彿是等著他呢，像一枝桃花等著個春鶯。全世界都沒有風，沒有冷氣，沒有苦悶了，老李覺得，只有兩顆向一處擰繞的心。他們誰也沒說什麼，一同往廟外走。老李的心跳得很厲害，生命的根源似乎起了顫動，在她的身旁走！她低著頭，可是腰兒挺著，最好看的一雙腿腕輕移，肩圓圓的微微前後的動，溫美的抵抗著輕視著一切。

他們並沒有商議，進了寶禪寺街，比大街上清靜一些。老李不敢說話——一半是話太多，不能決定先說哪一句；一半是不肯打破這種甜美的相對無語。

可是她說了話：「李大哥，」她的眼向前看著，臉上沒有一點笑意。「以後你，啊，咱們，彼此要迴避著點。我真不願說，您知道大嫂子罵了我一頓嗎？」

「她——」

「是不是！」她還板著臉，「設若你為這個和她吵架，我就不說了！」

「我不吵架，敢起誓！她為什麼罵你？」

「那個紅蘿蔔。好啦，事情說明了，以後我們——啊，我要僱車了。」

「等等！告訴我一件事，為什麼你的娘家不要你了？」

她開始笑了笑。「我一氣都說了，好不好？『他』是我的家庭教師，給我補習英文算術，因為我考了兩次中學都沒考上。後來我跟他跑出來，所以家裡不准我再回去。其實，央告央告父母，也沒有什麼完不了的事，不過，求情，不幹！婆母對我很好，也不願離開她。沒什麼！」她好似是趕著說，唯恐老李插嘴。說完，她緊了緊頭紗，向前趕了幾步，「我僱車回去了。」她加緊的走，胸更挺得直了些。忽然回過頭來，「別吵架！」

她雇上了車。世界依然是個黑冷多風，而且最惱人的。老李整個的一個好夢打得粉碎！他以為這是浪漫史的開始；她告訴他的是平凡而沒有任何色彩的話。她沒拿他當個愛人，而是老大姐似的來教訓他，拒絕他。她浪漫過，她認為老李是不宜於浪漫的人，老李是廢物，是為個科員的笨老婆而活著的——別吵架！一枝桃花等著春鶯？一隻溫美的鴿兒躲避著老鷹！老李的羞愧勝過了失望。失望中還可以有希望；自慚，除了移怒於人，只能咒詛自己速死。在廟中用了多少力量才敢走向她去，結果，最沒起色的一塊破瓦把自己打倒在糞堆上。恨她便是移怒，老李不肯這樣辦；只好恨自己吧！自己一定是個平庸恰好到了家的人——平庸得出奇也能引人注意，沒人注意老李。就是丁二爺大概也比我強，他想。不敢浪漫，不敢浪漫，自己約束了這麼些年了；及至敢冒險了，心確是跳了——只為是丟人！兩顆心往一處擰繞？誰和你擰繞？老李的頭碰在電線杆上，才知道是走錯了路。

再說，太太竟自敢罵人，她也比我強！她的壞招數也許就是馬少奶奶教給的，而馬少奶奶是商鞅制法，自作自受。可是這個小婦人不去反抵，而來警告我；她也許是好意——為維持我的身分。臭科員，老李——他叫著自己——你這一輩子只是個臭科員，張大哥與馬少奶奶都可憐你，善意的，慘酷而善意的，想維持你。你只在人們的憐憫中活著，掙點薪水，穿身洋服，臉上不准掛一點血色，目不旁視，以至於死！老李想上城外，跳了冰窟窿；可是身不由己的走回家去。別吵架！

第十一

一

年節到了，很熱鬧。人人對於新舊歲換班的時節有些神祕的刺激與感應。只是老李覺不出熱鬧來。太太作年菜，還張大嫂等的禮物，給小孩子打扮。他雖然也有時候幫著動動手，可是手只管動，或是嘴只管吃，心並沒在這些上面。在院中遇上馬少奶奶兩回，他故意的低了頭；等她過去，狠命的看她的背影。她是個謎，甚至於是個妖怪；他是個平凡到家的東西；越愛她的高傲獨立的精神，越恨他自己的懦弱沒出息。吃著太太作的年菜，臉上竟自瘦了些。在無可如何之中，自己硬找出安慰的藥品：這就是愛的滋味吧？臉上瘦，手上燙，心中渺茫，希望作好夢而夢中常是哭泣與亂七八糟？

除夕。太太與小孩們都睡了，他獨自點起一雙紅燭，聽著街上的人聲與爆竹響。街上越亂他越覺得寂寞。似乎聽見東屋有些低悲的哭聲，可是她正在西屋與老太太作伴呢。

爐火的爆炸，燭光的跳動，使他由寂寞而暴躁。他聽著西屋裡婆媳們說話，想聽到一兩個字，借此壓下他的暴躁去；聽不清，心中更不知如何是好了。

他由西屋裡出來。老太太咳嗽了一陣，熄了燈。

他隔著窗子看看東屋，今晚也點的是蠟燭，因為窗上的影子時時跳動。他輕輕開了門，立在階上。天極黑，星比平日似乎密得加倍。想起幼時的迷信——三十晚上，諸神下界。雖然不再相信這個，可是除夕的黑暗確有一種和平之感，天儘管黑冷，而心中沒有任何恐怖；街上的爆竹聲更使人感到一點界乎迷信與清醒之間的似悲似歡的心情。他對著星們嘆了口氣，淚在眼中。又加了一歲，白活！他覺著有點冷，可是捨不得進去。她的影子在窗上移動了兩次，她嗑瓜子呢。街上放了極大的幾個麻雷子。他有些摸不清他是幹什麼呢，這個世界幹什麼呢。他又看了看星們，越看越遠越多，恨不能飛入黑空，像爆竹那樣響著，把自己在空中炸碎，化為千萬小星！她出來了，向後院走去，大概沒有看見他。他的心要跳出來。隨著一陣爆竹聲，她回來了。門外來了個賣酪的，長而曲轉的吆喝了兩聲。她到了屋門，愣了愣，要拉門，沒有拉，走出去。他的心裡喊了聲，去，機會到了！可是他像釘在階上，腿顫起來，沒動。嗓子像燒乾了似的，眼看著她走了出去。街門開了。靜寂。關街門。微微有點腳步聲。她一手端著一碗，在屋前又愣了會兒。屋內透出的燭光照清她手內的兩個小白碗。往西走了兩步，她似乎要給婆母送去，又似乎不願驚動了老太太，用腳尖開開了門，進去。

老李始終沒動。她進了屋中，他的心極難堪的極後悔的落下去；未洩出的勇氣自己銷散，只剩下腿哆嗦。他進到屋中，爐火的熱氣猛的抱住他，紅燭的光在滿屋裡旋轉。他奔了椅子去，一栽似的坐下，似乎還聽見些爆竹聲，可是很遠很遠，像來自另一世界。

二

老李因為不自貴，向來不肯鬧病。頭疼腦熱任其自來自去。較重的病才報告張大哥，張大哥自有家藏的丸散膏丹——連治猩紅熱與白喉，都有現成的藥。老李總不肯照顧醫生。

這次，他覺得是要病。他不怕病，而怕病中洩露了心裡的祕密。他本能的理會到，假若要病，一定便厲害——熱渡假如到四十八，或一百零五，他難免要說胡話。只要一說胡話，夫妻之間就要糟心。

他勉強支持著，自己施行心理治療。假裝不和病打招呼，早晨起來到街上走一遭。街上是元旦樣的靜寂，沒有什麼人，鋪戶還全關著；偶爾有個行人，必是穿著新衣服，臉上帶著春聯樣的笑意。老李剛走出不遠便折回來了，頭上像壓著塊千斤石；上邊越重，下邊越輕，一步一陷，像踩著棉花。他咬著嘴唇，用力的放腳，不敢再往遠處去。回到家中，他照了照鏡子，眼珠上像剛抹了紅漆，一絲一絲的沒有抹勻。他不肯聲張，穿著大衣坐下了。

忽然的立起來，把帽子像練習球隊似的一托一接。

「爸，你幹什麼玩呢？」英問。

他打了個冷戰，趕緊放下帽子。他說了話，可是不曉得說什麼呢。又把帽子拿起來，趕緊又放下。一直奔了臥室去，一頭栽倒床上。

新年的頭幾天，生命是塊空白。

到了初五，他還閉著眼，可是覺出有人摸他的腦門，他知道那是太太的手。微微睜開眼：她已變了樣，像個久病的婦人：頭髮像向來沒有梳過，眼皮乾紅，臉上又老了二年。她的眼神，可是，帶著不易測量的一股深情，注視著他的頭上。他又閉了眼，無力思索，也不敢思索。他在生死之際被她戰敗！他只能自居病人，在她的看護下靜臥著，他和嬰兒一樣的沒能力。他欠著她一條性命的人情。

他願永遠病下去，假如一時死不了的話。可是他慢慢的好起來。她還是至少有多半夜不睡。直到他已能起來了，她仍然不許他出去方便。她好似不懂什麼是乾淨，哪是汙濁，只知道有他。她不會安慰他，每逢要表示親愛的時候只會說：「年菜還都給你留著呢，快好，好吃一口啊！」這個，不給老李什麼感動。可是有一天夜間，他恰好是醒著，她由夢中驚醒：「英的爸！英的爸！」老李推了她一下，她問：「沒叫我呀？好像聽見你喊了我一聲。」

「我沒有。」

「我是作夢呢！」她不言語了。

老李不能再睡，思想與眼淚都沒閒著。

太太去抓藥，老李把英叫來：「菱呢？」

「菱叫乾媽給抱走了。」

「乾媽來了？」

「來了，張大哥也來了。」

「哪個張大哥？」老李想不起英的張大哥是誰，剛要這麼問，不由的笑了，「英，他不是你的大哥，叫張伯伯。」

「媽老叫他張大哥，嘻嘻，」黑小子找到根據。

老李沒精神往下辯論。待了半天：「英，我說胡話來著沒有？」

「那天爸還唱來著呢，媽哭，我也哭了。」英嘻嘻了兩聲，追想爸唱媽哭，自己也哭的情景，頗可笑。「菱哭著叫乾媽給抱走了。我也要去，媽把我攔住了，嘻嘻。」英想了會兒，「東屋大嬸也哭來著，在東屋裡。媽不理我，我就上東屋去玩，看見大嬸的大眼睛——不是我說像倆星星嗎？——有眼淚，好看極了，嘻嘻。」

「馬奶奶呢？」老李故意的岔開。

「老奶奶天天過來看爸，給爸抓過好幾次藥了。媽媽老要自己去，老奶奶搶過藥方就走，連錢也不要媽媽的。那個老梆子，嘻嘻。」

「說什麼呢，英？」

「乾媽淨管張大——啊，伯伯，叫老梆子；我當是老人都叫老梆子呢。」

「不准說。」

黑小子換了題目，「爸，你怎麼生了病？嘻嘻。」

爸半天沒言語。英以為又說錯了話，又嘻嘻了兩聲。

「英，趕明兒你長大了，你要什麼樣的小媳婦？」老李知道自己有點傻氣。

「要個頂好看的，像東屋大嬸那麼好看。我戴上了大紅花，自己打著鼓，咚，咚咚，美不美？」

老李點點頭，沒覺出英的話可笑。

三

病中是想見朋友的。連小趙似乎也不討厭了。張大哥是每兩天總來望看一次，一來是探病，二來是報告乾女兒的起居，好像菱是位公主。丁二爺正自大有用處：與李太太說得相投，減少她許多的痛苦，並且還能幫忙買買東西——丁二爺好像只有兩條腿還有些作用，而且他的腿永遠是聽著別人的命令而動作。老李至少是歡迎丁二爺的腿。丁二爺怎樣丟了妻子與職業，怎樣爬小店，連英都能背誦了。相距最近的是最難相見的，而是老李最想見的——她。她不肯來，他無法去請；他覺得病好了與否似乎都沒大關係。繼而一想，他必須得好了，為太太，他得活著；為責任，他得活著，即使是不快樂的活著，他欠著她的情。他始終想不到太太的情分是可以不需要報酬的；也許是因為不自私，也許是因為缺少那麼一股熱力，叫他不能不這麼想。他只能理智的稱量夫妻間互相酬報的輕重。東屋的——沒有服侍過他，但是，他能想到他能安心的接收她的服務，而不想任何義務與條件，這也許是個夢想，但是他相信。因此，一會兒他願馬上好了，去為太太賺錢，為太太工作。一會兒他又怕病好了，病好了去為太太工作，為太太賺錢——一種責任，一種酬勞。只足證明是不自私，只能給布爾喬亞的社會掙得一些榮譽；對自己的心靈上，全不相干！

他想菱，又怕菱回來更給太太添事，他不肯再給太太添加工作。似乎應當找個女僕來。說，「得找個老媽子。」

李太太想了會兒，心中一向沒有過這個觀念。四口人的事，找老媽子？工錢之外，吃，喝，還得偷點？再說，有了僕人，我該作什麼，僕人該作什麼？況且，我的東西就不許別人動：我的衣裳叫老媽子粗枝大葉的洗，洗兩回就搓幾個窟窿？我的廚房由她占據著……她的回答很簡單：「我不累！」

「我想菱，」他說。

「接回來呀，我也怪想的呢！」

「菱回來，不又多一份事？」

「人家有五六個孩子的呢，沒老媽子也沒吃不上喝不上！」

「怕你太累！」

「不累！」

老李再沒有話說。

「要是找老媽子，」李太太思索了半天，「還不如把二利找來呢。」

二利是李太太娘家的人，在鄉下作短工活，會拉呂宋菸粗細的麵條，烙餅，和洗衣裳，跑腿自不用提。

老李還沒對這個建議下批評，小趙來了，找老媽一案暫行緩辦。

小趙很和氣，並且給買來許多水果。

所長太太已經知道老李和他的病勢，因為小趙的報告。不僅是報告，小趙還和所長太太討論過——而且是不止一次——對待老李的辦法。老李沒有得罪過小趙，因此小趙要得罪老李。小趙對所長太太這麼說：「老李這小子，在所長接任的時候，沒被撤差；他硬說和所長沒關係，誰信！咱們手裡三百多人全擠不上去，他和所長沒關係，沒一點關係！前者所長單單挑他給辦了件要緊的公事，連我和祕書長全不知道！不乘早兒收拾他，他不成精作怪才怪。收拾他！他現在病了。跟所長說，撤他！」

所長太太手心直癢癢，被手裡那三百多人給抓弄的。她和所長開了談判。所長不承認他和老李認識。及至談到那天早晨老李替他辦了件公事，他才想起有這麼個姓李的。趕到提及老李生病，所長給了不能撤換老李的理由——晨星不明。撤換誰都可以，晨星是換不得的。可是衙門中人物，除了老李，似乎都直接間接與所長太太和小趙有關係；要撤只能撤老李，而所長決定不肯撤換晨星。所長向來怕太太，現在他要決定還是服從太太，還是服從呂祖。他覺得服從太太的次數比服從呂祖的次數太不調勻了，這次他應當服從呂祖一回。他竟自和太太叫上了勁。太太告訴了小趙，小趙恨不能揍呂祖一頓。

所長是崇信呂祖的。對於呂祖的教訓，他除了財色兩項未便遵照辦理，其餘的是虔守神諭。在上天津的前夕，呂祖下壇，在沙盤上龍飛鳳舞的寫了四個大字——晨星不明。第二天早晨，所長到了衙門，遇上了老李。李科員必是晨星了！老李請病假，應驗了晨星不明。恰巧所長又貪了點贓，雖然只是五六萬塊，究竟在給呂祖磕頭的時候覺得有不大一點難過，正好用遵行晨星不明來將功贖罪。保護晨星是種聖職，不惜與太太小有衝突，雖然太太有時候比呂祖還厲害。神與太太都當敷衍，暫時絕不撤換晨星。萬一太太長期抵抗，絕不讓步，到時候再說。比如說過兩個月再撤換李科員，豈不是呂祖，太太，大家的臉面上都過得去？

小趙要把這顆晨星摘下來，扔在井裡。一時既摘不下，不免買些水果祭一祭病星，藉機會套套老李的實話。假如老李說了實話，晨星自然不能再有作用，便馬上收拾他。假如他自認為晨星，那就得另想主意，設法運動呂祖，叫呂祖說，比如晨星「過」明一類的話，所長自會收拾他手下過明的星星。小趙非常的和氣，親弟兄似的和老李談了四十多分鐘。不得要領。小趙一出屋門把牙咬上了，一出街門罵上了：「不收拾了你不姓趙！」

老李覺得自從一病，人類進步了許多，連小趙都不那麼討厭了。

四

從正月到二月初，勝利完全是李太太的。

張大嫂把菱送回來，好一頓誇獎乾女兒。「有什麼媽媽，有什麼女兒，這個得人心勁兒的，小嘴多麼甜甘哪！」

老李向來沒覺出太太的嘴甜甘。

吳方墩太太來了，撲過老李去：「李先生，多虧大妹妹呀，你這場病！一個失神呀，好——」她閉上了眼，大概是想像老李死去該當什麼樣式。

邱太太來了，撲過老李去：「李先生，還是舊式的夫人！昨天聽說，一位大學教授死在傳染病醫院，他的夫人始終就沒去看他一次，怕傳染！什麼話！」文雅的邱太太有意把李太太加入《列女傳》裡去。

張大哥又來了，連皺眉帶咳嗽都顯然的表示出：「我叫你接家眷，有好處沒有？這場病不幸虧有她？一來鬧離婚，兩來鬧離婚，到底是結髮夫妻！」口中雖沒這麼明說，可是更使人難過，老李只好設法躲著張大哥的眼睛與眉毛。

張大哥近來特別的高興，因為春天將到，男婚女嫁自應及時舉辦，而媒人的榮耀也不減於催花的春雨。張大哥說了許多婚姻介紹的趣事，老李似乎全沒注意去聽，最後張大哥的菸斗指著窗外，說，「老李，衙門裡這兩天要出人命！」老李正欣賞著張大哥的衣裳：淨藍面緞子的灰鼠皮袍，寬袖窄領。淺藍的薄綢棉褲，散褲角，露著些草黃色的毛襪。黑皮鞋。「人命？」他重了這兩個字，因為只聽到這麼一點話尾。

張大哥的左眼閉死，聲音放低，腔調改慢，似乎要低唱一部史詩：「吳太極和小趙！」

「吳太太前兩天還來了呢，」老李說。

「她當然不便告訴你。吳太極惹了禍，小趙又不是輕易饒人的人，事情非鬧大了不可！」

老李靜候著張大哥往下說。

「你知道吳太極沒事就嚷嚷納妾？」

老李點了點頭。

「練太極練的，精力沒地方發洩！方塊太太大概也管束得太嚴。事情可就鬧糟了。你知道小趙常提到太太，可是沒人見過趙太太？」張大哥笑了，大概是覺出自己過於熱心述說，而說得有點亂了。

正在這個當兒，丁二爺瘋了似的跑進來。

「您快回家，天真叫巡警拿去了！」

第十二

一

無論怎麼說，老李是非出去不可。病沒全好而冒險出去，是缺乏常識。但是為別人犧牲至少是有意思的。自從生下來到現在，他老是按部就班的活著，他自己是頭一個覺到這麼活著是空虛的。張大哥雖然是瞎忙，到底並不完全為自己忙。人與人的互助是人生的真實，不管是出於個人情願，還是社會組織使人能相助相成。誰也再不攔住他到張大哥家中去。他的腿還軟著，可是心意非常堅定：雇了輛車去趕張大哥。

張大嫂已哭得像個淚人——天真是五花大綁捆走的。沒看見過張大哥這麼難受，也想不到他可以這麼難看。臉上一點血色也沒有了，左眼閉著，下眼皮和嘴角上的肉一齊抽動，一聲不發，嗓子裡咯咯的嚥氣。手顫著，握著菸斗。

老李進了屋中便坐下了，只覺得自己沒有能力，自己是廢物，連一句話也說不出。

張大哥看見老李進來，並沒立起來，愣了好大半天，他忽然睜開左眼，眨巴了幾下，用力嚥了口氣。猛的立起來，叫了聲，「老李！」沒有再說別的，往外走，到了屋門，看了張大嫂一眼：「我找兒子去！」

張大嫂除了說天真是被綁走的，其餘一概不知。

丁二爺在院中提著一籠破黃鳥，來回的走，一邊走一邊落淚，「小鳥，小鳥！你叫一聲，叫一聲！你要是叫一聲，天真就沒危險！叫！叫！」小鳥們始終不叫。

二

第二天，老李決定上衙門，雖然還病病歪歪。

吳太極已經撤了差，邱先生，張大哥，都請假。熟人中只見了孫先生。孫先生是初次到北平，專為學習國語，所以公事不會辦，學問沒什麼，腦子不靈敏，而能作科員，因為學習國語是個人的事，作科員是為國家效勞，個人的事自然比國事要緊的多。孫先生打著自創的國語向老李報告：

「吳太極兒，」他以為無論什麼字後加上個「兒」便是官話，「和小趙兒，哎呀，打得凶！壓根兒沒完，到如今兒沒完，哎喲，凶得很！」

「為什麼呢？」連慢性的老李也著了急。

「小趙兒呀，有個未婚妻兒，壓根兒頂呱呱，呱呱叫！」

「他還沒娶過，那麼？」

「壓根兒沒娶過，壓根兒也娶過，瘸子的屁股兒，斜門！」孫先生非常得意用上一句。「怎麼講呢？他娶過，娶過之後，哎呀，小趙兒凶得咧，送給別人。那麼，壓根兒他是娶過，可又壓根兒沒娶過，凶！你我老老實實，規規矩矩，作勿來，作勿來。小趙兒到處會騙，百八十塊，買一個兒來，然後，搽胭脂抹粉兒，送了出去，油滑鬼兒，壓根兒的！」孫先生見神見鬼的把聲音放低：「你曉得，他在所長家裡？所長的——是他的人兒，哎喲，漂亮得很！小趙兒和她把所長兒給，怎麼說？對，抬起來，將來，小趙兒自己有市長兒的希望，凶！這回又弄了一個兒，剛剛十九歲兒。他想調教好，送出去，送給團長旅長兒，說不定。啊，對，是個旅長兒，姓王的，練得好拳腳兒，猴子拳，梅花掌，交關好。小趙兒，官話有的說，狗熊的舅舅，猩猩兒，精得咧。把她交給了吳太極兒，叫老吳兒教給她點拳術兒，十三妹，凶；旅長兒愛十三妹，凶！」孫先生的唾沫濺了老李一臉。喘了口氣，繼續的說：「哎呀，吳太極兒吃了蜜哉！肥豬拱門，講北平的話，三下兩下，噗，十九歲的大姑娘兒！小趙兒正上了天津，壓根兒作夢。前幾天兒回來了，一看，哎呀，煮熟的——什麼，北平的講話，鵝，還是鴨兒？」

「鴨子！」

「對，煮熟的鴨子兒又飛了！壓根兒氣得脖子有大腿粗，凶！小趙兒，吳太極兒，是親戚喲！吳太極兒是吳太急兒。小趙兒哪裡放得過，拍，拍，兩個嘴巴子，哎呀，打得吳太極兒好不傷心兒！吳，工夫是好的，拳頭這麼大，可是，莫得還手，羞得咧，沒面目！小趙兒打出——什麼？嗜好？有了，打出癮來了。對吳太極講，姓吳的，你來等著我，我去約一百一千一萬人來揍你！可是，方墩兒太太動了手，樊梨花上陣兒，一下子，哎呀，把小趙兒壓在底下，壓根兒幾幾乎壓死，大方墩兒，三百多斤，好傢伙的很！要不是吳太極兒拉開，小趙兒早成介大扁杏仁兒。哎呀，小趙兒爬起來，不敢再講打，壓根兒的！不講武的，講文的，登報紙，打官司，凶，吳太極兒撤了差！」

「小趙呢？」老李問。

「小趙兒？大家都說他呱呱叫。老吳兒，他們講，不是東西。」孫先生看了看錶，「哎呀，先去一會兒，得閒再講。」擺好科員的架式，孫先生走了出去。

老李急於打聽張大哥的事，可是孫先生走了。科裡只剩下他自己，不好意思也出去。他思索開孫先生的一片官話。男人是要不得的，他想：女人的天真是女人自作的陷阱，女人的姿色是自然給女人的鎖鐐，女人的醜陋是女人的活地獄，女人怎麼著也不好，都因為男子壞！

不對，這還不僅是男女個人的事：而是有個更大的東西，根本要不得。老李不便往遠處想，衙門裡這群人就是個好例子。所長是誰？官僚兼土匪。小趙？騙子兼科員。張大哥？男性的媒婆。吳太極？飯桶兼把式匠。孫先生？流氓兼北平俗語蒐集者。邱先生？苦悶的象徵兼科員。這一堆東西也可以組成一個機關？

再看那些太太們，張大嫂，方墩，孫太太，邱太太，加上自己的那一位，有一個得樣的沒有？這些男女就是社會的中堅人物，也要生兒養女，為民族謀發展？笑話！一定有個總毛病，不然，這群人便根本不應當存在。既然允許他們存在，除了瞎鬧，叫他們幹什麼？

老李聞到一股臭味。他囑咐自己：不必再為自己那一點點事傷心了。在臭地方不會有什麼美滿生活，臭地方不會出完好的女子，即使能戀愛自由又能美到哪兒去？他心中有了些力量。往大處看，往大處看，真正的幸福是出自健美的文化——要從新的整部的建設起來：不是多接幾個吻，叫幾聲「達兒靈」就能成的。

他決定不再關心吳太極的事！最自然的事，最值不得大驚小怪的事。吳太極和小趙誰勝誰敗有什麼關係呢。得殺了小趙們的文化，人生才能開香的花，結真的果。小趙，吳太極，不值一提。

自己那位太太，何必再想，她與千千萬萬的婦女一樣的可憐。東屋的——也不再想，她也不值得一顧，一片燒焦草原上的一棵草。

那麼，幹什麼呢？幫助張大哥把天真救出來？為什麼？只為張大哥好娶個兒媳婦，請上一千號人來賀喜？

但是，人情，人情。張大哥到底不是壞人。

假如決定不去管張大哥的事，又該作什麼呢？

又到了死葫蘆頭！這個社會是和老李開玩笑呢，他動也不是，不動也不是。他沒法安排自己。他要在一個臭水溝兒裡跑圓圈，怎能跑得圓？他的頭疼起來，回家！科裡只有他一個人：誰管，空三年也沒關係。

三

「苦悶的象徵」出頭給吳趙調解，以便減少苦悶。吳太極依然很正直，怎麼說都行。小趙搖頭。趕到邱先生和後補十三妹過了話，他知道小趙輸了。十三妹願意跟吳太極！她原來絕對不是孫先生所形容的那個「十九歲的大姑娘」。十九歲，或者還不假；大姑娘，她自己說在十四歲上已變成婦人。從十四到十九，她已經過好幾道手：只要一聽見洋錢響，她便知道又要改姓。吳太極教她白鶴亮翅的時候，因為教得細膩，連「我永遠愛你」也附帶著說了，而且起下血誓。她以為跟誰也好，只要不再過手，所以絕不再跟小趙去。小趙的頭搖得不那麼有把握了。他要求賠償。吳太極沒錢。方墩太太手裡有點積蓄，她叫小趙親自去取：小趙沒有作大扁杏仁的志願，不敢去。邱先生非常得意：「小趙丟了個人，老吳丟了官，兩不饒。大家的面子，何必太認真。」小趙雖不甘心，可是方墩太太確是厲害；況且萬一把吳太極逼急了，那一對拳頭！邱先生也指破此點：「小趙，等老吳真還敬你兩個嘴巴，你可吃不了兜著走！得了，你打了他，他沒還手，他的理短。知道什麼時候大家又在一處混事，得留情處且留情，是不是，小趙？」小趙追想自己的手在吳太極臉上拍拍，也總得算過癮；可是方墩那一壓，深幸自己有些骨力，不然……

不過，既不能直接由吳家得到賠償，設法由別處得些是當然的。吳太極的缺還沒補上。想到這裡，小趙讓步了，不再和老吳搗亂：「讓他享受去，我慢慢的懲治他。老邱，看你的面子，我暫時不再和他鬧氣。」邱先生十分高興，小趙開始計劃怎樣謀吳太極的缺。

邱先生打著得勝鼓向老李報告。老李看邱先生肯代吳趙調停，靈機一動：「邱先生，我們是不是應當聯名具保，保天真一下呢？」

「哪個天真？」

「張大哥的少爺，他就是這麼一個兒子！」老李想打動邱先生的同情心。

邱先生沒言語。

老李應當改換題目。可是他把邱先生看得太高了，他又追了一句：「你看怎樣？」

「什麼？」邱先生翻了翻白眼。

老李只聽見「什麼」，沒看見白眼，「保天真哪。」

「那，對不起，沒我。」

老李的心涼了。等邱先生出去之後，老李的心又熱起來：哼，臭事有人管，好事沒人作！咱老李作定了！

老李原來並不以為保釋天真是好事，或是有什麼意義。經邱先生一拒絕，他叫上了勁。平日張大哥是大家的好朋友，一旦有事，大家袖手旁觀！吳趙的事比起張家的是臭事，張大哥是丟了兒子！老李馬上草了一個呈文，每個字都斟酌了三四遍，然後謄清，拿著去找孫先生。心裡說，不能人人都像邱先生吧？！

「哎呀，老李兒，好文章，呱呱叫，」孫先生接過保狀，一邊看一邊誇讚。凡是有孫先生不識的字的文章都是好文章，所以他連呼「好文章，呱呱叫！」看完，他遞給老李，「好，壓根兒好！」

「簽個字吧？」老李極和氣的說。

「我呀？叫我簽字呀？哎呀，等下看，等下看。文章是好的，呱呱叫！」

老李拿起筆來，自己簽上了名：「我先把自己寫在前面，等正式謄錄的時候，再商量一下誰領銜好。」

「好，好的很。我還等一下，等一下。」

老李在各科轉了一遭，還就是邱先生痛快，其餘的人全是先誇獎他的文筆，而後極謙恭和藹的，繞著圈的，不「說」不簽字，而不簽字。保狀被大家已揉得不像樣子，上邊只有老李一個人的名字。

老李倒不生氣了，他恨不能替張大哥哭一場。張大哥的整個生命銷磨在維持人；現在，他自己有事了……設若張天真死了，張大哥為他開吊請客，管保還進一千號人情。這群人們的送禮出份資是人情的最高點，送禮請客便是人道。救救天真？退一步說，安慰安慰張大哥的心？出了他們的人道範圍！老李對著那張保狀發愣。忽然抓起來，撕得粉碎，扔在地上。

四

老李回到家中，方墩太太正和李太太鼻一把淚一把的談話。見他進來，她的淚更有了富裕：「李先生，這些朋友裡還只有你這麼一個好人，給我出個主意！那個小妖精，我受不了，受不了！」

老李一時想不到小妖精是誰：或者吳宅這兩天鬧妖精？及至吳太太又說了幾句，他才明白過來：十三妹又變成小妖精。也許她還是後補十三妹，不過在方墩的眼中她變了形。老李心中慢慢找到了一條清楚的路線：小趙與方墩太太有親屬的關係，因此吳太極才能在財政所找著個差事。在小趙與老吳吵鬧的時節，方墩太太一定是左右為難，幫助娘家人欺侮丈夫，不好；幫助丈夫和小趙幹，也不好。趕到小趙動了手，而且聲言去班兵征討，她決定了幫助丈夫，於是把小趙壓在地上。打退了小趙，再把那個賤丫頭攆出去，吳太太豈不是大獲全勝？合計著鬧來鬧去，只是老吳丟了差事，而她自己毫無損失：差事擱下再去謀，衙門裡不出鐵桿莊稼。誰知道那個賤人跟定了老吳，又被邱先生這一調停給關了釘，盤大拳頭的丈夫，硬被個小妖精纏住！方墩太太臉上減了半斤多肉。

李太太完全同情於方墩，可是她沒好主意，而且沒把事情的內容聽清楚。她很恨小趙，並不因為這件事。她也恨吳太極：放著好好的方墩不要，單要小妖精，不要臉！

老李把事裡的鉤套圈全看清楚，但是從心中不愛管這種事，況且剛在衙門裡生了一肚子氣，更沒有心腸安慰吳太太，他三言兩語給搪出去了：「吳太太，去和老邱要主意；他也許有高明辦法。」心裡說，「什麼人會辦什麼事，老李管不著尊府上的臭事！」然後對她說，「要不然，爽性離婚！」

老李要不是心中有氣，絕不肯為別人出這種極端的辦法。現在，他是被那口氣逼著，他覺得破壞是必需的。老邱會敷衍：要敷衍，找老邱去；咱老李的辦法是離婚，要不然，您自己去另找位男人，假如有人願要塊大方墩的話。這個，叫他心中痛快了些，破壞！我老李還不定跟誰跑了呢！

「離婚？」吳太太似乎沒想到過，「你是什麼話呀，李先生？這還不夠丟人的，再鬧離婚？」

老李沒說什麼。

吳太太的眼睛找了李太太去。

李太太一時聰明，想起個主意來：「你偷偷的把那個小東西給小趙送回去，不就完了嗎？」

「這倒是個主意，大妹妹，是個主意，」方墩因為脖子太粗不能點頭，一勁兒眨巴眼。「我回去再想想，啊——想起來了，我找邱太太去，看她有主意沒有。」吳太太似乎決定不再向男人們要主意。

五

邱太太贊成離婚。「我們沒兒沒女，丈夫不講情理，何必一定跟他呢！」

方墩連頭帶脖子一致的搖了搖。「說著容易呀，離婚：吃誰去？」

「難道咱們就不會找個事作？我沒結婚的時候就不想出嫁；及至結了婚，事事得由我作主。丈夫向我搖頭，好，咱馬上還去作事；閒氣，受不著！」

「可是你有那個本事，我沒有呀！」方墩含著淚說。

邱太太忘了，婦女不都是大學畢業。可是既然這麼說了，不便再改口——她是以「個性強」自命的。「那也沒關係，叫他給你生活費呀。真憑實據，他是對你不忠，叫他拿錢！」

「他也得有哇！」方墩心裡更難過了；「當初他作軍官的時候，錢來得容易去得快。軍隊解散了，他一閒就是二年，大吃大喝的慣了，叫他省儉，不會。入了財政所之後，我是一把死拿，能把過一塊是一塊，一毛是一毛。可是薪水是有一定的，任憑怎麼省吃儉用，還能都剩下；就說都能剩下，一共能有幾個錢？哎！都是我命苦，誰叫沒個兒子呢！設若有個兒子，他管保不敢鬧娶小；我並不是不跟他鬧死鬧活的吵哇，可是咱們婦人任憑怎麼精明，沒兒子到底堵不住丈夫的嘴！其實沒兒子能都怨我嗎？他年青的時候，胡逛八扯⋯⋯哎，什麼也不用說，命苦就結了！」吳太太嘆了口長氣。

談到沒兒子，邱太太心中也不好受了。可是為顯出個性強，不便和方墩一同嘆氣。「我也沒兒子，我也極願意得個小孩，可是結婚這麼幾年也沒有過喜，沒有就沒有吧，我才不在乎！我知道邱先生也盼著有個小孩，可是他，他連對我皺下眉也不敢，哼！」

方墩和紙板對坐不語。方墩沒得著一點安慰，紙板心中也不十分舒服。

第十三

一

老李去看張大哥。張大哥已經不像樣子了，頭髮好像忽然白了許多，眼陷在坑兒裡。關於媒人的一切職務全交給了丁二爺。丁二爺的辦法很簡單：有人來找媒人——「沒在家。」老李不敢告訴張大哥，同事們怎麼拒絕在保狀上簽字；他只覺得來安慰朋友是一種使心裡舒坦的事，因為並沒有多少用處。張大哥還始終沒見著天真，雖然已跑細了腿。

「老李！」張大哥拉住友人的手，「老李！」嘴唇顫起來，別的話沒有說出，只剩了落淚。

老李理會到張大哥是怎樣的難過。使張大哥在五十來歲丟了兒子，生命已到了盡處。但是他不會安慰人。除了能代張大哥作有效的奔走，再說，安慰的話，即使說得好聽，又有什麼用。他決定去設法營救天真，只來看看張大哥是沒意義的。

以張大哥的人緣與能力，他只打聽到：天真是被一個全能的機關捕了去，這個機關可以不對任何人負責而去辦任何事。沒人知道它在哪裡，可是人人知道有這麼個機關。被它捕去的人，或狗，很少有活著出來的。張大哥在什麼機關都有熟人，除了在這個神祕得像地府的地方。人情托遍了，從眾人的口氣中他看出來，天真至少是有共產黨的嫌疑，說不定已經作了鬼。張大哥已經筋疲力盡，只剩了把自己哭死，微微有點光明，他是不會落淚的；他現在已完全走進霧陣中。設若天真死在他眼前，他只要痛哭一陣就夠了。現在他是把自己終身的一切全要哭出來，平生一句得罪人的話沒說過，一個場面沒落後過，自己是一切朋友的指導師：臨完，兒子是共產黨！天真設若真這麼死了，張大哥沒法再往下活。平日，張大哥永遠留著神，躲著革命黨走，非到革命黨作了官，絕不給送禮，而兒子……

老李看出來，張大哥只有兩條路，除了哭死便是瘋了。拿些硬話激動他？沒用。張大哥的硬氣只限於狠命的請客，罵一句人他都覺得有負於社會的規法。老李沒的說。

衙門的人，他只剩下沒見所長與小趙。見所長？或者還不如見小趙。央求小趙是難堪的事，可是為朋友，無法。

找到了小趙。

「啊，老李，」小趙先開了口，「正找你呢！有事沒有？洗澡去？」

老李心裡說，這小子一定有什麼故典。跟他走！

一進澡堂的大門，小趙就解衣裳，好像洗澡與否無關緊要，上澡堂專為脫光眼子。到了客座單間，小趙已經全光，覺得才與澡室內的一切調和。點上香菸，拍著屁股，非常寫意。

「老李，抖哇……」小趙的眼珠又在滿臉上跳舞了一回：「拿著保狀各科走走，真有你的！知道要升頭等科員了，叫全衙門的得瞻豐采？有你的，行！」

「什麼頭等科員？」

「還裝傻不是？！老李你也太厲害了，誰不知道吳太極的缺是由你補！還跟我裝傻，真有心打你倆脖兒拐！吳是頭等科員，我給他運動上的。那小子吃裡爬外，咱把他請出了。你和他同科，又是所長的人，又恰好是二等科員，不由你補由誰補？還用裝傻！老李，吃點東西好不好？」小趙在澡堂裡什麼也想著，除了洗澡。

「我不吃什麼。我告訴你，小趙——」

「對了，這就對了，叫我小趙。什麼李先生趙先生，官話；小趙，老李，多麼痛快，多麼自己。還非是小趙老李不行，不信換換個，老趙小李就不大好聽。」

老李確是頭一次當著小趙管他叫「小趙」，因為討厭他。「我告訴你，小趙，不用給我造謠言。我與所長沒關係，更無意作頭等科員。據我看，倒是維持維持老吳有點意思。老吳與我也沒關係，他可是你的親戚，何必——」

「咱們可不准再提吳太極！」小趙的眼珠跳回原位，「親戚？親戚霸占人家的未婚妻！我跟他沒完！咱小趙是有恩的報恩，有仇的報仇，男子漢大丈夫！就拿你說，老李，自從我一和你見面，心裡就說，這是個朋友；猩猩惜猩猩，好漢愛好漢！」眼珠又跳出去。「告訴我，老李，吳太極的缺怎樣了？要是落在你手裡，我沒話可講，你是個朋友。萬一落在別人手裡，比如說那個老孫，咱小趙就不能好好咽這口氣。所長太太手裡人還多著呢，不過真落在個好朋友手中，我自有向所長太太給美言幾句的，絕不給破壞：雖然我『能』從中給破壞！看這像句話不像，老李？」

「我還是那句話，不知道。我今天找你是為求你點事。」

「求？把這個字收起去！你不會說，小趙，給我辦點事去！求？什麼話！說你的，老李。」

「我說完，只要你痛快的『行』，或是『不行』，不准來繞彎的！」老李心裡舒服了許多，今天可敢和小趙旗鼓相當的幹了。「還是那回事，救張天真。衙門裡沒一個人肯伸伸手，我是有心無力；你怎樣？」

「我？行！不為天真，還不為張大哥？行！你說怎辦吧？」小趙拍著屁股說。

「我沒辦法。張大哥連天真拘在哪裡也還不知道。你要能給打聽出來就是天大的善事，大哥眼看著快瘋了。打聽出來，咱們再想辦法，是不是？」

「一點也不錯。我去打聽，容易的很；小趙沒有別的好處，就是眼皮子雜點兒。」小趙的眼珠改為連跳帶轉，轉了幾遭，他的臉板起來，「可有一樣，老李，你得答應我一件事！」

「說吧！」

「好！你真沒有謀老吳的缺？」

「對天起誓，我沒有！」

「好！假如我給你運動，你幹不幹？」

「沒意思！」

「好！你沒意思，咱對張家的事也沒意思，吹！」

「我幹呢？」

「我去營救天真。」

「行了！」

「我的辦法與步驟是——」

「不必告訴我！」

「好！我怎辦怎好？」

「只要你能幫助張大哥！」

「好！事情都交給我了！」

「都交給你了！對於我，犧牲也好，耍弄也好。對於張大哥，只准幫忙，不准掏一點壞！」

「好！」

二

老李非常的痛快。幫助張大哥，沒有什麼了不得。跟小趙說得強硬，也算不得什麼，小趙原是不要臉的貨。可喜的是居然敢把自己押給小趙，任憑他擺布，浮士德！心裡說，「看小趙的，看他把我怎樣了！」生命開始有些味道。回到家中，不由的想和太太談一談。她不懂；衙門裡那群人當然也不懂；不懂又有什麼關係呢。且自己享受著：大俠，神祕，浪漫。黑暗的社會是悲劇的母親：在悲劇中敢放膽犧牲的是個人物。老李不知不覺的多吃了一碗飯。

李太太心中，這兩天，只有兩件事：給孩子們拆洗春衣，和惦記著方墩太太。不放心方墩正是不贊成丈夫——給人家出主意離婚！誰說老李老實？老實人叫方墩離婚？她對離婚是怎回事不大清楚，在她的心目中離婚就是散夥；夫妻倆可以散夥？老李厲害！看他不言不語的，心裡有數！李太太這兩天加工梳腦後的小辮，一邊梳著一邊想：吳太太要是和丈夫散了夥，第二個就該輪到我了：老李心裡要沒憋著跟我散夥的意思，怎會給吳太太出那個主意？加工的梳小辮，臉上多拍了半盒兒粉。也不敢再和他要錢，他病那麼一場，多花了許多錢，別叫他翻了狗臉說我花張了！本應當上張家去看看，他病著，人家張大哥夫婦跑前跑後，趕到人家出了事，怎好不去看看。她心中的天真被捕和家中有個三天滿月是一樣，去看看——至多不過給買點東西——也就夠了。可是一出門又得要錢，算了吧，等張家兒子出來再說。

對於馬少奶奶似乎應當恢復邦交。馬老奶奶可真不錯，老李病著，人家給跑東跑西。馬少奶奶當然是沒和婆婆講究過我；那麼，馬少奶奶心眼也不錯。也許都是老李的壞，男人哪有老實的，看那位吳先生，四五十的人了，霸占小趙的，可是小趙也該，該！得和她套近乎，我越在中間岔糊著，他們越是倆打一個兒。倒得和馬少奶奶拉近，把她拉到我這邊來，丈夫也得說我好，她也就不好意思再……李太太把鄉下的邏輯咂摸一個透。然後，當著丈夫拿起給小菱裁好的一條小褲子：「我求馬嬸給做做去，她會作活，手巧著呢。」

老李點了點頭，沒說什麼。等太太出了屋門，他笑了笑，這也是位女俠。把人生當個笑話看也很有意思。

三

衙門裡這幾天大家的耳朵都立起來，特別是二三等科員。對於吳趙戰爭的趣味已經低降得快到零度，大家不提吳太極便罷，提起來便是與他那個「缺」有關係。有希望高升一等的人很多，而且全努力的盡所能為想把這個希望實現，甚至於因為希望相同而引起些暗潮。老李是個最不熱衷的，可是自從那天到各科請求為張大哥幫忙以後，人們都用另一種眼神看他。每逢他從外面進來，或是散班後出去，隨著他的後影總引起幾陣嘀咕。可是對於張大哥，大家這幾天連說「幾張紙」好似都有改成「幾篇紙」的必要。「張」字犯禁！「他的兒子，共產黨！」大家都後悔曾經認識這麼一個人。因此對於老李越發的覺得神祕不測，甚至於有點可怕：「就是準有升頭等科員的把握，也無須這麼狂呀！」大家偷偷的用手指著老李的脊背說。有的人，極不甘心的看出自己沒有高升的希望，為寬心起見，造出一種新消息：「共產黨的父親也要擱下！所長還能留著他？！」張大哥雖然不是頭等科員，可是差事肥，庶務上，回扣……這兩種消息與希冀使科員級的空氣十二分緊張，好似天下興亡與這個有極密切的關係。科長與祕書的耳旁也一天到晚是嗡嗡著這個——大家還有個不各顯神通的運動？請客的知單總繼續在科長室與祕書處巡行。科長們也對老李懷疑，他有多大人情呢，竟自看不見他的帖？！

老李反倒接著兩三個請帖，而且有人過來預先遞個口話：李先生榮升的時候，請分神維持個好友，補您的缺；明天晚上千萬請賞光！老李雖然有時候也能欣賞幽默，但是對這種過度的滑稽還不會逢場作戲。他把請帖輕輕的放在紙簍裡。

命令下來了，果然是老李。補他的缺的是位王先生。沒有人認識王先生。大家一邊向老李道喜，一邊打聽王先生是誰；老李也不認識，大家以為老李太厲害：何必呢，你的人情大，也不必這麼狂啊；不告訴我們拉倒！大家一面這樣不滿意老李，一面希望著張大哥的免職令下來。

「哎呀，老李，恭喜恭喜！」孫先生又得著練習官話的機會。「幾時請客？吾來作陪呀，壓根兒的。豬八戒掉在泔水桶裡，得吃得喝！」

老李決定不請客。大家對他完全失望。「苦悶的象徵」特別的覺得老李不懂交情。邱先生本是頭等科員，對老李的升級原來不必忌妒，可是心中苦悶，總想抓個碴兒向誰耍耍刺才痛快。他敲著撩著說開了閒話，把公事完全推給老李。原先本來也是老李一個人受累，可是邱先生交過公事來的時候很客氣；現在他老嫂子使喚新媳婦似的直接命令老李，鼻子尖上似乎是說，我是老資格！老李的氣不打一處來。呆坐了半天，他想出來了，「跟這群東西一塊兒，要不隨著他們的道走，頂好乾脆離開他們。」他決定不妥協，跟他們來硬的，反正我已經把自己押給了小趙，知道他的肚子裡是鬧什麼狗油呢？幹！他原封的把公事全給邱先生送回：「出去看個人，你先辦著！」可是他知道他的嘴唇有點顫：不行，到底是沒玩慣這種使人難堪的把戲。他去看張大哥。

張大哥免職的謠傳是否應當報告呢？謠傳，可是在政界裡謠言比真實還重要。怎好告訴張大哥呢？他心中正那麼難受。不告訴吧，萬一成了事實，豈不叫他更苦痛？張大哥不那麼難看了，可是非常的倦怠。老李似乎看出些危險來。張大哥是蚯蚓式的運用生命，軟磨，可是始終不懈；沒看見他放任或懶過。現在他非常的安靜，像個跑乏了的馬，連尾巴也懶得動。危險！老李非常的難過。不管張大哥是怎樣的人，老李看他是個朋友。

「大哥，怎樣了？」

「坐下，老李！」張大哥又顧到客套與規矩了，可是話中沒有半點平日那種火力，似乎極懶得說話而不得不說。還表示出天真的事是沒什麼希望，因關切而改成不願再提。「坐下。沒什麼消息。小趙來了一次，他正給我跑著，據他說，沒危險。」

張大哥只為說這麼幾句，老李看出來，一點信任小趙的話的意思也沒有。

「我托咐他來著，」老李絕不是為表功，只為有句話說。

「對了，他眼皮子寬，可不是。」

二人全沒了話。

無論說點什麼也比這麼愣著好，老李實在受不住了：「大哥，衙門裡有人說——啊——你上衙門看看去。這個社會不是什麼可靠的。」

「啊，沒什麼，」張大哥聽出話中的意思，臉上可是沒有任何表情，「沒什麼，老李，」他彷彿反倒安慰老李呢。「什麼都沒關係了，兒子已經沒啦，還奔什麼！」他的語聲提高了些，可是仍似乎沒精神多說，忽然的止住。

「我看不能有危險，」老李善意的敷衍了一句。

「也許。」

張大哥是整個的結束了自己。科員都可以扔棄了！

丁二爺提著一籠破鳥進來：「大哥，二妹妹來了。我告訴她，您不見人，她非要進來不可。大概又是為二兄弟的事。」

「叫她快滾，」張大哥猛的立起來，「我的兒子還不知道生死呢，沒工夫管別人的臭事，滾！」瞪了丁二爺一眼，坐下了。丁二爺出去，他好像跟自己說：「全不管了，全不管了！我姓張的完了，前世造下了什麼孽！」

老李也立起來，他的臉白了，在大衣上擦了擦手心的汗，不敢再看張大哥，扭著頭說，「大哥，明天再來看你。」

張大哥抬起頭來，「走啊，老李，明天見。」沒往外送。

走到門口，丁二爺拉住了他，「李先生，明天還來吧，大哥還就是跟你不發脾氣，很好。明天來吧，一定來！」

四

老李什麼也沒想，一直走回衙門。思想有什麼用呢。他看見張大哥，便是看見小人物的盡端：要快樂的活著得另想辦法，張大哥的每根毫毛都是合著社會的意思長的，而今？張大哥，社會，空白，什麼也沒有；還幹嘛再思索。

進了衙門，他想起邱先生。管他呢，硬來，還是硬來；張大哥倒軟和呢，有什麼用？

邱先生低著頭辦公呢，眉毛皺得要往下落毛。及至看見老李，他的眉頭反倒舒展開了，放下筆，笑著：「老李，請不要計較我啊。告訴你實話，我是精神不好，無心中可以得罪了人。不是有意！你看，」他把聲音放低了些，「邱太太，這就是對你說，不便和別——生人提。她個性太強，太強。一天到晚和我彆扭著。我一說，夫婦得互相容讓呀。她來了：當初不是我追求你，是你磕頭請安追求我吧？好了，我就得由性兒愛怎著怎著。老李，你看這像什麼話。前幾天，我好心好意為吳趙們調解，回家又挨了他一頓：好哇，不幫助吳太太把那個野丫頭趕出去，反助紂為虐？！你們男人都沒好心眼，再不許你到吳家去！老李，你看，這是何苦！我也看明白了，逼急了我，跟她離婚！娶誰也別娶大學畢業生，來派大多了。其實，大學畢業生淨是些二十八九的醜八怪，可是自居女聖人。你看著，早晚我跟她離婚。」

老李點頭說「是」之外不便參加意見。邱先生繞了個大圈，又往回說：「因為這個，心中老不痛快，未免有得罪人的地方。老李你不用計較我。朋友就得互助，焉知你不升了科長，或是我作了祕書——要不是家裡成天瞎嘈嘈，我也不能到如今還是個科員——到那時節，我們不是還得互相照應嗎？」

老李沒好意思笑出來。

「老李，我已約好老孫老吳，一同吃個便飯，不是請客。一來為你賀喜，二來為約出老吳談一談。準去啊！」邱先生把請帖遞過來。

老李不知是哭好，還是笑好。把請帖接過來，爽性和邱先生談一談。在張大哥眼中，邱先生是極新的人物。老李要細看看這個新人物。

「老邱，你看咱們這麼活著有意思沒有？」

邱先生愣了半天，笑了笑：「沒意思！生命入了圈，和野鳥入了籠，一樣的沒意思。我少年的時候是個野驢；中年，結了婚，作了事，變成個賊鬼溜滑的皮驢；將來，拉到德勝門外，大鍋煮，賣驢肉。我不會再跳出圈外，誰也不能。我現在是冷一會熱一會，熱的時候只能發點小性，冷的時候請客陪情；發瘧子的生活。沒辦法。我不甘心作個小官僚，我不甘心作個好丈夫，可是不作這個作什麼去呢？我早看出，你比我硬，可也沒硬著多少，你我只是程度上的差別，其實是一鍋裡的菜。完了，談點無聊的吧；只有無聊的話開心。」

老李又摔破了一個人蛋，原來老邱也認識自己。二人成了好朋友，老李沒把請帖又放在字紙簍裡。

回到家中，李太太正按著黑小子打屁股呢。老李抹回頭來又上了街，找個小飯館要了三十豬肉韭黃餃子，一碗三仙湯。「我也發回瘧子試試！」

第十四

第十四

一

北平春天的生命是短的。蜂蝶剛一出世，春似乎已要過去。春光對於老李們似乎不大有作用：他們只隨時的換衣服，由皮袍而棉衣，由棉衣而夾衫，只顯出他們的由臃腫而消瘦。他們依舊上衙門，上衙門，上衙門；偶爾上一次公園都覺得空氣使他們的肺勞累得慌，還不如湊上手打個小牌。

張大哥每年清明前後必出城掃墓，年中唯一的長途旅行，必定折些野草回來，壓在舊書裡。今年他沒去。天真還在獄裡。丁二爺雖然把石榴樹，夾竹桃，仙人掌等都搬到院中，張大哥可是沒有惠顧它們一點點水，他已與春斷絕關係。張大嫂也瘦得不像樣了。丁二爺的小黃鳥們似乎受了什麼咒詛，在春雨初晴的時節，浴著金藍的陽光，也不肯叫一聲。後院的柳樹上來了隻老鴉，狂嚎了一陣，那天張大哥接到了免職的公文。他連看也沒看。他似乎是等著更大的惡耗。

吳太極為表示同情來看張大哥，張大哥沒有見他。

他只接待老李。

老李家中也沒有春光；春光彷彿始終就沒有到西四牌樓去的意思。除了一冬積蓄下的腥臊味被春風從地下掀起，一切還是那麼枯醜。馬老太太將幾盆在床底下藏了一冬的小木本花搬在院中，雖然不斷的澆水，可是能否今年再出幾個綠葉便很可懷疑。李太太到了春天照例的脫頭髮，腦後的一雙小辮十分棘手，用什麼樣的梳子也梳不到一處。黑小子臉上的癬經春風一吹，直往下落鱗片。合院之中，只有馬少奶奶不知由哪裡得到一些春的消息。臉上雖瘦了些，可是腮上的顏色近於海棠。她已經和李太太又成了好友；老李在家的時候她也肯到屋中來。小菱的春衣都是馬嬸給做成的，做得非常的合適好看。菱好像是個大布娃娃，由著馬嬸翻過來掉過去的擺弄，馬嬸是將領子袖子都在菱的身上綳好，畫了白線，而後拆下來再縫成的。袖口上都繡了花。馬嬸的大眼睛向菱的身上眨巴著，菱的眼睛向馬嬸的海棠臉蛋眨巴著。

老李看著她們，心中編了一句詩——一點兒詩意孕著春的宇宙。他不敢再看太太那對缺乏資本的小辮，唯恐把這點詩意給擠跑了。

李太太心中暗喜，能把馬少奶奶征服。可是還不滿意老李，因為方墩太太一趟八趟的來，而口口聲聲是已快離婚——老李的主意。還有呢，方墩太太雖然與李太太成為莫逆，可是口氣中有點不滿意老李——他頂了吳先生的缺，不夠面子！李太太一點也不曉得丈夫升了官，因為老李沒告訴她。升了官多賺錢，而一聲不發，一定是把錢私自掖著，誰知道作什麼用？！邱太太也常來，說的話雖文雅，可是顯然的是說邱先生近來對太太頗不敬。四位太太遇在一塊，幾乎要把男人們全拴起來當狗養著。大家都把張大嫂忘了。菱幾次要看乾娘去，李太太也倒還無所不可，可是方墩太太攔住她們：還上張家去呢？共產黨！結果，老李帶著菱去看乾娘。直到父女平安的回到家中，李太太才放下心去。她以為共產黨必是見了小孩就嚼嚼吃了的。

衙門裡，吳太極與張大哥的缺都有人補上，大家心裡開始安頓下去。可是對於補缺的人，多少心中有點忌恨，特別是對老李。「看他平日那麼老實，敢情心裡更辣；補吳太極的缺，焉知不是他給頂下去的呢？！」起初，大家拿吳太極當個笑話說，現在改成以他為殉難者，全是老李一個人的壞。老李一聲不出，在衙門，在家裡，任憑那群男女嘈嘈，只在大街上多吸幾口氣。

二

丁二爺來了：「李先生，張大哥請你呢。」

到了張家，大哥正在院中背著手走溜，他的背彎著些。見了老李，他極快的走進屋中，好像又恢復了些素日的精神。老李還沒坐下，張大哥就開了口：

「小趙來了，說天真可以出來。可是我得答應他一件事。」他愣住，想了會兒：「他說，他是聽你的話這麼辦，一切有你負責。」他看著老李。

「我把自己押給了他！」老李心裡說，然後對張大哥：「得答應他什麼呢？」

張大哥立起來，幾乎是喊著：「他要秀真！要我的命！」

老李一句話沒有。

張大哥在屋中走來走去，嗓子裡咯咯的嚥氣：「救出兒子，丟了女兒，要我的命！這是你出的主意？老李！這是你給張大哥出的主意？我的女兒給小趙？強買強賣？你是幫朋友呢，還是要朋友的命呢？」

老李只剩了哆嗦了。他忽然立起來，往外就走：「我找小趙去！」剛走到門口，被大嫂給截住了。

「老李，你先別走，」張大嫂命令著他，她眼中含著淚，可是神氣非常的堅決，「咱們得把事說明白了。你叫小趙這麼辦來著？」

「我托他幫助營救天真來著，沒叫他幹別的。」老李又坐下了。

「我想你也不是那樣的人。大哥是急瘋了，所以信了小趙的活。咱們商量商量怎辦吧。」她向張大哥說，「你坐下，和老李商量個辦法。」

「我沒辦法！」張大哥還是嚷著，可是坐下了：「我沒辦法！我幫了人家一輩子的忙，到我有事了，大家看哈哈笑！要我的兒女，為什麼不乾脆要我的老命呢！我得罪過誰？招惹過誰？我的女兒給小趙？也配！」他發洩了一頓，嘴唇倒不顫了，低著頭，手扶著磕膝，喘氣。

老李等了半天，張大哥沒再發作，他低聲的說：「大哥，咱們有辦法。你事事有辦法，我就不信辦不動這回事。」

張大哥點了點頭。

「咱們大家想主意，好不好，大哥？」

張大哥抬起頭來，看了看老李，嘆了一口氣。「老李，張大哥完了！一輩子，一輩子安分守己，一輩子沒跟人惹過氣，老來老來叫我受這個，我完了。真動了心的沒工夫再想辦法。叫我去殺人放火革命，我不會：只好聽之而已。活著為兒女奔忙：兒女完了，我隨著他們死。我不能孤孤單單的活到七老八十，沒味兒！」

老李知道張大哥是失了平衡，因為他的生命理想根本的被別人毀壞，而自己無從另起爐灶，他只能自己鑽入黑暗裡，想不起別的方法。但是老李不便和他討論這個，更不能給他出激烈的主意——張大哥是永遠順著車轍走的人，得設法再把他引到轍跡上去。「大哥，不必傷心了，還是辦事要緊。告訴我，小趙說什麼來著？」

張大哥的臉上安靜了。「他說，天真並不是共產黨，是錯拿了。他可以設法把他放出來。」

「咱們自己不能設法，既是拿錯了？」老李問。

張大哥搖頭：「小趙就不告訴我，天真在哪裡圈著。我是老了；對於這些新機關的事，簡直不懂。假如他是囚在公安局，我早把他保出來了。我平日總以為事事有辦法，敢情我已經是老狗熊了，耍不了新玩藝！」

「非小趙不行，所以他提出條件？」

「就是。他說，你給他出的主意。」

「我求他來著。」老李很安靜的說。「求他的時候，我是這麼和他說好的——要犧牲，犧牲我老李，不准和張大哥掏壞。他這麼答應了我。」

「為什麼單求他？」

老李不能不說了：「衙門裡可有誰願意幫助你？再說，誰有他那樣眼雜？我早知道他不可靠，所以才把自己押給他。」

「押給他？」

「押給他了。我不知道為什麼他恨我，時時想收拾我。也許只因為他看我不順眼；誰去管。我給他個收拾我的機會，他只要能救出天真來，對我是怎辦怎好。」

張大哥的淚在眼圈裡，張大嫂叫了聲：「老李！」

「我不是上這兒來表功，事實擠成了這麼一步棋；我所沒想到的是他又背了約，我還是太誠實。不過，管它呢，先談要緊的。事情是一步一步的辦，先叫小趙把天真放出來。」

「不答應給他秀真，他肯那麼辦嗎？」張大嫂問。

「答應他！」

「什麼？」夫婦一齊喊。

「答應他，我自有辦法，絕不叫秀真姑娘吃虧。就是咱們現在有別人來幫忙，也不行。小趙不是好惹的。假如甩了他，另想方法，他會從中破壞，天真不用想再出來了。不如就利用他，先把天真放出來再講。」

老夫婦愣了半天，張大哥先開口：「老李，你說怎辦就怎辦吧。我不行了。先把天真放出來。我一共有三處小房，叫小趙挑吧，他愛要哪一處，我雙手奉送，只求他饒了秀真！」張大嫂接了下去，「老李，我只有那麼一個姑娘，不能給個騙子手！不能！能保住我的一對眼珠，他說要什麼也行。都給了他，我們娘兒幾個要飯吃去，甘心！」

「要飯吃去也甘心！」張大哥重了一句。

張大哥確是下了決心，老李看出來。犧牲房產就是犧牲張大哥一生的心血，可是兒女比什麼也更貴重。他還是看不起張大哥，可是十二分的可憐他。「事情也許不至那麼壞，放心吧，大哥，我老李拿這條命去換回秀真來。」

「老李，你可別為我們的事動——凶啊！給小趙錢！」張大哥看著老李的臉。

張大哥至死也是軟的！老李不便再嚇他：「我瞧事辦事，要是錢有用的話，就給他錢。」

「給他錢，老李，給他錢，」張大嫂好像以為事情已經辦妥了似的。「你還有一家老小呢，別為我們——」她沒說出來，用手彈去一個淚珠。

三

在無聊中尋些趣味：老李很得意，能和小趙幹一幹。

「喂，小趙，」叫狗似的叫，「張家的事怎樣了？」

「有希望，天真不日就可以出來。」

「張大哥問我，怎樣酬報你。我來問你，原諒我不會客氣一些。」老李覺得自己也能俏皮的諷罵，心裡說，「誰要是不怕人了，誰就能像耶穌似的行奇蹟。」

「要不我怎麼愛和你交往呢，」小趙的眉毛轉到眼睛底下來，「客氣有什麼用？給我報酬？怎好意思要老丈人的禮物？半子之勞，應當應分！」

「誰是老丈人？」

「張大哥難道沒告訴你？現在的張大哥，過兩天就升為老丈人。」

「你答應了我，不和他掏壞！」

「掏壞是掏壞，婚姻是婚姻，張大哥一生好作媒，難道有人要他的女兒，他不喜歡？」小趙指著鼻梁：「看看小趙，現在是科員，不久便是科長，將來局長所長市長部長也還不敢一定說準沒我的份兒！將來，女婿作所長，老丈人少不的是祕書，不僅是郎才女貌，連老丈人也委屈不了！」

老李的悶火又要冒煙，可是壓制住自己。「小趙，說脆快的，假如張大哥送給你錢，你能饒了他的女兒不能？」

「老李，你這怎說話呢？什麼饒了饒了的，該打！可是，你說說，他能給多少錢？」

「一所房子。」

小趙把頭搖得像風扇：「一所小房，一所？把個共產黨釋放出來，就值一所小房？」

「可是天真並不真是共產黨！」

「有錯拿沒錯放的，小趙一句話可以叫他出來，一句話也可以叫他死。隨張大哥的便，他的話是怎麼說都可以。」

「你要多少呢？」

「我要多少，他也得給得起呀！他有多少？」

老李的臉紫了。嚥了一口毒氣，「他一共有三所小房，一生的心血！」

「好吧，我不能都要了他的，人心總是肉長的，我下不去狠手，給我兩所好了。」小趙很同情的嘆了口氣。

「假如我老李再求你個情，看我的面上，只要他一所，我老李再自己另送給你點錢，怎樣？」

「那看能送多少了！」

「我只能拿二百。二百之外，再叫我下一跪也可以！」

「我再說一句，二百五，行不行？」

「好了，張大哥給你一處房，我給你二百五十塊錢：你把天真設法救出來，不再提秀真一個字，是這樣不是？」

「好吧，苦買賣！小趙不能不講交情！」

「好了，小趙，拿筆寫下來！」

「還用寫下來，這點屁事？難道我的話不像話是怎著？」

「你的話是不算話，寫下來，簽上字！」

「有你的，老李，越學越精，行，怎寫？」

「今天收我二百五十；天真活著到了家那天，張大哥交你一張房契；以後永不許你提秀真這兩個字。按這個意思寫吧！」

小趙笑著，提起筆來，「沒想到老李會這麼厲害，早就知道你厲害，沒想到這麼厲害；這點事還值得簽字畫押，真，不用按斗箕呀？」

字據寫好。各存一張。簽字的時候，老李的手哆嗦得連自己的名字全寫不上來了。他恨不能一口吃了小趙，可是為張大哥的事，沒法不敷衍小趙。小趙是當代的聖人，老李，鬧了歸齊，還是張大哥的一流人物！老李把二百五十元的支票摔在桌上。

小趙拿起支票，前後看了看，笑著放在小皮夾裡：「銀行裡放著錢，老李？資本家，早知道，多花你幾個！積蓄下多少了，老李？」

老李沒理他。

他拿著字據去給張大哥看，張大哥十分感激他，越發使他心中難堪。本想在灰色的生活裡找些刺激，作個悲劇裡的人物，誰知作來作去，只是上了張大哥所走的轍跡，而使小趙名利兼收的戲弄他！

「為什麼小趙這樣恨我呢？」只有這一句話在老李心中有點顏色。「莫非老李你還沒完全變成張大哥？所以小趙看你不順眼？即使是這樣。還不是無聊？」老李低著頭回家，到家裡沒敢說給了小趙二百五十塊錢，對太太也得欺哄敷衍！

四

夏天已經把杏子的臉晒紅，天真還是沒放出來。端陽是多麼熱鬧的節令，神祕的蒲艾在家家門外陪伴著神符與判官：張大哥的家中終日連一聲笑語也聽不見，夫婦的心中與牆上的掛鐘，日夜響著天真，天真！丁二爺的破鳥們全脫了毛，越發的不大好看。院中的石榴，因為缺水，隻有些半乾的黃葉，靜靜的等著下雨。

老李找了小趙幾次，小趙的話很有道理：「就是人情托到了，也不能頓時出來不是？這麼重的案子！我不比你著急？他一天不出來，房子一天到不了我手裡！我專等著有了房子好結婚呢！」

老李沒有精神再過五月節：李太太心中又嘀咕起來：「又怎麼了？連節也不過？莫非又——」

又釘上了馬少奶奶，一眼也不放鬆。菱和英又成了自用的偵探。

節後，方墩太太帶著一太平水桶的淚來給李家灑地，「完了，完了，離婚了！我沒地方去，就在這塊吧！大妹妹，咱倆無仇無怨，我是跟老李！他不叫我好好的過日子，我也不能叫他平安了！」

李太太的臉白了：「他怎麼了？」

「怎麼了？我打聽明白了，是他把我的丈夫給頂了，要不是他，我的丈夫丟不了官；我打聽明白了，有憑有據！這還不算，他還把自己的缺留著，自己拿雙份薪水，找了個姓王的給遮掩耳目，姓王的一月隻到衙門兩天，乾拿十五塊錢，其餘全是老李的。不信，他前者給了小趙二百五，哪兒來的？你知道不知道？」

「我不知道呀！」李太太直噓氣。

「你怎能知道，我的傻妹妹！這還不足為奇，前兩天他托小趙給吳先生送了五十塊錢來。我本想把小趙打出去，可是既是老李托他去的，我就不便於發作了。小趙一五一十都對我說了。怎麼老李要買張大哥的房子，怎麼鼓動吳先生和我離婚，怎麼老吳要是離了婚，老李好借此嚇你，李太太，把你嚇住，老李好買個妾。老吳沒心肺沒骨頭，接了那五十塊錢，口口聲聲把我趕出去！他娶了小老婆，我不跟他吵，他反倒跟我翻了臉！都是老李，都是老李！我跟他不能善罷甘休！我上衙門給他嚷去：科員？他是皇上也不行！我不給他的事鬧掉了底，我算白活！」

一片話引出李太太一太平水桶的眼淚。「吳大嫂，你先別跟他鬧，不看別的，還不看這倆孩子？把他的事弄掉，我們吃誰去？你先別跟他鬧，看我的，我審問他：我必給你出氣！」又說了無數的好話，算是把方墩太太勸了走。

吳太太走後，李太太像上了熱鍋臺的馬蟻。想了好大半天，不知怎辦好。最後，把孩子托咐給馬少奶奶，去找邱太太要主意。

邱太太為是表示個性強，始終不給客人開口的機會，專講自己的事：「老邱是打定了主意跟我過不去，我看出來了！回到家來東也不是，西也不是，臉上就沒個笑容。什麼又抱一個兒子吧，什麼又辭職不幹了吧，生命沒有意思。這都是故意的指槐說柳。他是討厭我了，我看的明明白白。早晚我是和他離婚，拿著我的資格，我才不怕！」

李太太乘機會插入一句：「老李也不老實呢！」

邱太太趕緊接過來：「他們沒有老實的！可是有一層，你有兒有女，有家可歸：我更困難，我雖然可以獨立，自謀生活，可是到底沒個小孩；自己過得天好，究竟是空虛，一個人恐怕太寂寞了，是不是？這麼一想，我又不肯——不是不敢——和老邱大吵特吵了。困難！可是，我要不和他鬧，又怕他學吳先生，硬往家裡接姨太太！以我這個身分，叫人說我不能拴繫住男人的心，受不了！真離婚吧，他才正樂意。困難！」

「我怎麼辦呢？」李太太問。

「跟老李吵！你和我被不同了：我被文學士拘束住，不肯動野蠻的。你和他吵，我作你的後盾！」

李太太運足了氣回家預備衝鋒。

五

不在太太處備案而把錢給了別人，是個太太就不能忍受這一手兒。李太太越想越生氣。自己真是一心一意的過日子，而丈夫一給小趙就是二百五十，夠買兩三畝地的！還幫著吳先生欺侮吳太太！跟他幹！邱太太的話雖然不好懂，可是她明明的說了，管我的「後頓」；有人管後頓，前頓還不好說？跟他吵。後盾改成後頓，李太太精神上物質上都有了倚靠。從鄉下到大城裡來，原想和和氣氣的過日子，誰想到他會這麼壞；他的錯，跟他幹。一進屋門便把腦後的小辮披散開了，換上了舊衣裳，恐怕真打起來的時候把新衣撕了。飯也不去作，不過了！

老李剛走到院中，屋裡已放了聲哭起來。哭的雖然是「我的娘呀！」可是罵的都是老李。他看出事兒來得邪。聽著她哭，不便生氣。可是越聽越不是味兒，不由的動了氣。揍她！怎好意思？扯著頭髮，連踢帶打？作不出。在屋裡轉了個圈，想把孩子們帶出去吃飯，留下她一個人由著性兒哭。這是個主意。正要往外走，太太哭著過來了：「你別走，咱們得說開了！」有意打架。太太把吳邱兩位太太所說的，從頭至尾質問了一番。老李連哼也沒有哼一聲，不理。太太下不了臺階，人家不理。兩張嘴都動作才能拌嘴，老李陰透了，隻叫街坊聽我一個人鬧，他不言語！陰毒損壞！太太無法，隻好自己打自己的嘴巴吧，拍，拍，自己抽了兩個好的：「你個不知好歹的，沒皮沒臉，沒人答理，你個臭娘們！」拍，拍，自己又找補上兩個。

馬家婆媳都跑過來，馬老太太奔了李太太去：「我說，李太太，這是怎麼了？別嚇住孩子們呀！」

李太太看有人來解勸，更要露一手兒，拍，拍，又自己扯了兩個：「不過了！不過了！沒活頭了！」

馬少奶奶抱住菱，看了老李一眼。老李向她一慘笑，嘴唇顫著：「馬嬸你給菱點吃的，我帶英出去。」向來沒和她這麼說過話，他心中非常的痛快。「英，走！」黑小子拉著爸的手，又要落淚，又要笑，吸了兩口氣。

第十五

第十五

一

旱蓮初開，桃子剛染紅了嘴唇。不漂亮的人也漂亮了些，男的至少有個新草帽，女的至少穿上件花大衫，夏天更自然一些，可以叫人不富而麗。小趙穿上新西服，領帶花得像條熱帶的彩蛇。新黃皮鞋，底兒上加著白牙子，不得人心的響著。綢手絹上灑了香水，頭髮加了香蠟。一邊走一邊笑，看見女的立刻把眼珠放風箏似的放出去，把人家的後影都看得發毛咕。他心中比石榴花還紅著一些，自己知道是世上最快樂的人。

到了北海。旱蓮在微風裡張開三兩個瓣兒，葉子還不密，花梗全身都清潔挺拔，倚風而立，花朵常向晴天綠水微微的點頭。小趙立在玉石橋上，看一眼荷花，看一眼自己的領帶，覺得花還沒有他那麼俊美。晴天綠水白蓮，沒有一樣值得他欣賞的，他自己是宇宙的中心。他的西服，特別是那條花領帶，是整個人類美與幸福的象徵。他永不能靜立看花，花是些死東西；看姑娘是最有趣的。你看她，她也看你；不看你也好，反正她不看你也得低低頭，她一低頭，你的心就癢癢一下！設若隻有花沒姑娘，小趙的心由哪裡癢癢起？

他將全身筋肉全伸展到極度，有力而緩緩的走，使新鞋的聲響都不折不扣的響到了家，每一聲成了一個不得人心的單位。這樣走有點累得慌，可是把新西服的稜角灣縫都十足的展示出去，自覺的脊背已挺得和龜板一樣硬；隻有這樣才配穿西服；穿西服天然的不是為自己舒服，而是為美化社會。走得穩，可是頭並不死板：走一步，頭要像風扇似的轉一圈，把四圍值得看的東西——姑娘——全吸在自己眼中去。看見個下得去的，立刻由慢步改成快步，過去細看。被人家瞪一眼，或者是罵一句，心中特別的暢快——不虛此行。

不過，今天小趙的運動頭部，確是有一定的目的。雖然也看隨時遇見的姑娘，可是到底是附帶的。小趙在把一個姑娘弄到手之前，隻附帶的看別的婦女。「愛要專，」他告訴自己。不過，遇到「可以」同時並舉弄兩個或三個姑娘的時候，他也不一定固執，通權達變。今天小趙的愛特別的專，因為這次弄的是個純潔的女學生。往日，他對婦女是像買果子似的，檢著熟的挑；自要熟，有點玷兒也沒關係，反正是弄到手又不自己存著，沒有爛在手裡的危險。今天他的確覺得應當興奮一些，即使一向不會興奮。這回是弄個剛紅了個嘴的桃。小趙雖然不會興奮，究竟心中不安定。他立在一株大松樹下，思索起來：這回是完全留著自己吃呢，還是送給人？剛紅了嘴的桃，中看不中吃，送人不見得合適。特別是送給軍人們，他們愛本事好的，小桃不見得有本事。自己留著？萬一留個一年半載，被人看見而向我索要，我肯給不肯呢？我會忌妒不會呢？兩搭著，自是個好辦法，可是萬一她硬呢？不能，女人還硬到哪裡去！這倒完全看咱小趙的了，「小趙，有人要你自己的太太，不是買來預備送人的，是真正的太太，你肯放手不肯呢？」他不能回答自己。

來了，她從遠處走來！連小趙的心也居然跳得快了一些。往日買賣婦女是純粹的錢貨換手，除非買得特別便宜，是用不著動感情的。現在，是另一回事，沒有介紹人從中撮合，而是完全白得一件寶貝，她笑著來找他，小趙覺出一點婦女的神祕與脆弱——不花錢買，她也會找上門來！容易！後悔以前不這樣辦，更微微有些怕這樣得來的女子或者不易支配，心裡可又有點向來沒經驗過的欣喜。

她像一朵半開的蓮花，看著四圍的風景，心裡笑著，覺得一陣陣的小風都是為自己吹動的。風兒吹過去，帶走自己身上一些香味，痛快，能在生命的初夏發出香味。左手夾著小藍皮包，藍得像一小塊晴天，在自己的腋下。右手提著把小綠傘。袖隻到肘際，一雙藕似的胳臂。頭髮掩著右眼，驕慢的從髮下瞭著一切。走得輕俏有力，腳大得使自己心裡舒展，扁黑皮鞋，繫著一道絆兒。傲慢，天真，欣喜，活潑，胖胖的，心裡笑著，腮上的紅色潤透了不大點的一雙笑渦。想著電影世界裡的浪漫故事，又有點怕，又不肯怕；想著父母，頭一仰，把掩著右眼的黑髮——捲得像葡萄蔓上的嫩鬚——撩上去，就手兒把父母忘掉，甚至於有點反抗的決心。端起雙肩，又愛又怕又慮又要反抗的嘆了一口氣，無聊，可是痛快了些。熱氣從紅唇中逃出，似乎空虛，能臉對臉的，另有些熱氣吻到自己的唇上，和電影世界裡的男女一個樣，多麼有趣！是，有趣！沒有別的！一個熱吻，生命的溪流中起了個小水花，不過如此，沒別的。放出自己一點香味，接收一點男性的熱力，至多是摟著吻一下，痛快一下，沒別的。別的女友不就是這樣麼？小說裡不是為接吻而設下綠草地與小樹林麼？電影裡不是赤髮女郎被吻過而給男人一個嘴巴麼？不怕！看著自己的大腳，舒展，可愛，有力氣，有什麼可怕？

每次由學校回家的時候，總有些破學生在身後追著，破學生，襪子擰著花，一脖子泥！他和破學生不同了，多麼有趣，什麼也知道，也乾淨，告訴我多少事！況且，他還和善呢，救出哥哥來，必是哥哥的好朋友。可憐的天真哥哥，在獄裡，洋服都破了，沒有香菸吸，可憐！他的女朋友到獄裡看過他沒有？又想起一篇電影，天真在屋裡，女的在外邊，握著手狠命的吻手背！有趣！

「秀真妹，笛耳！」小趙的腦門與下巴擠到一塊，只剩下兩隻耳朵沒有完全扁了，用力縱著鼻子，所以眼珠沒有掉出去。「我可以叫你笛耳吧？」

「隨便，」秀真笑渦上那塊紅擴大了一些，撩了一下頭髮，看了松樹上的山喜鵲一眼，向小趙一笑。

「那麼，我就再叫一聲，」小趙的唇在她耳前腮上那溜兒動，熱氣吹著了她的笑渦，「笛耳！」

她眼珠橫走，打在他的鼻尖上，向自己一笑。

小趙知道不少英國字，在火車飯廳裡時常和擺臺的討教，奶油，蘇打水，冰淇淋等都能不用中國話而要了來。「不用留洋去喝洋墨水，咱也會外國話！」他常向同事們這樣說。他的穿西服，吃洋飯，也下過一番工夫，「你必得下工夫，」他勸告四十以上的人們，「連跳舞也得學著，這是學問！現在連軍官裡都有留學歐美的，不會還行？！」他所以勝過張大哥就在這一點上。張大哥並不比小趙笨，只是差著這麼點新場面。張大哥會的小趙也會，小趙會的張大哥不會。張大哥沒有前途，而小趙正自前程遠大。秀真雖然不懂什麼，也能看到這個：在家裡，一切都守舊，拘束，雖然父親給預備下新留聲機片，可是不准跳舞；連買雙皮鞋都得鬧一場氣。小趙呢，新舊都懂，什麼事也知道。小趙接過她的小傘，兩人並肩沿著「海」岸往北走。秀真的夢實現了一半。還想不到結婚，可是假如能和小趙結婚，大概也不錯，什麼都懂，多麼會說話，笑得多麼到家！有點貧氣；可是看慣了或者也就覺不出來了。

秀真和小趙的身量差不多，或者還許比他高一點。從身體上看，他是年青的老頭兒，她是個身體比年歲大的孩子。秀真還沒有長成一定的模像，可是自己願意顯出成年的樣子。圓臉，大眼睛，唇和笑渦顯出無意的肉感的誘惑。四肢都很大，微微駝著背，大概是怕被人說個子太高。旗袍是按著胡蝶扮演闊小姐時那種風格作的；大扁皮鞋保持著中學生的樣子。腿很粗，長於打籃球。頭髮燙成捲毛雞，留下一大縷長的擋著右眼。設若天真是女的，秀真是男的，張大哥或者更滿意一些。

「天真幾時能出來？」她問。

「快，我已經給說妥了；公事不能十分快了，可是也慢不了。他太大意了，為人總得謹慎一點！」小趙鄭重的說：「你看我，笛耳，自幼沒人管，可是我始終沒有墮落，也沒給過人機會陷害我，雖然受苦與困難是免不了的。」他眼中含著淚。「少年要浪漫，也要老成。咱們的家庭都是舊式的，咱們自己又都是摩登的，我們就得設法調和這個，該浪漫的浪漫，該謹慎的謹慎，這才能有成功的希望，有真正的快樂。笛耳，以你說吧，還在求學時期，何必穿高跟鞋？你不穿，我一看就明白你有尺寸有見識。我自己，何必說我自己呢，以後你自會知道。」

秀真找不到話講了，心裡只剩了佩服小趙。想起接到男學生們的信，真是可笑，一脖子泥的小鬼們！不講別的，只誇我幾句，然後沒結沒完的述說他們自己。老說反抗家庭，其實沒見過世面！看這個人，新的懂，舊的懂，受過苦，而沒墮落！不，她不僅想和他遊戲遊戲了，她本能的覺到姑娘必有朝一日變成婦人，必定結婚。設若自己想結婚，必是要這麼一個可靠的人，不要那一脖子泥專寫情書的學生們。她越發覺得自己的大腳可愛了，他說這扁鞋好嗎！他多麼明白！但是不要和他往下說這個，說不過他；自己連世界上的最簡單的事也不知道！學校裡學過的功課，怎好說，一點意思也沒有。家中的事，又不大知道，沒的可說；他大概什麼也會說！自己是個會打籃球的學生，他是個人物！啊，還說天真吧。「我不能再去看哥哥一回呀？」

「上次咱們去已經招他們不願意，再去，不大合適，反正他快出來了。」

「我想給他送點口香糖去！」

「我設法給他送進去就是了，口香糖，」小趙向天想了想，「再添上點水果？都交給我了，我想法子找人送進去，咱們自己不便於再去。」

二

坐在五龍亭的西頭那一間裡。小趙要了汽水，鮮藕，鮮核桃。秀真不好意思吃，除了有時吃女同學們的水果，還沒吃過男朋友的東西。寫情書的小泥鬼們只能送給一個書籤，或是把一朵乾花夾在信裡；沒這麼大大方方坐在一處過，所以又覺得不好意思不吃。雖然和父母逛過北海，喝過茶，可是那是什麼味，這是什麼味？這一次的吃東西似乎是有無窮無盡的意味，由這一次也許引起一百次，一千次，一輩子，在一塊吃喝說笑！平日逛北海，就不願意到五龍亭來，西邊的破大殿裡的破神像多麼可怕！今天坐在這裡也不覺得那麼可怕了；趙先生多麼殷勤可喜，和他在一塊什麼也不可怕。捏起塊雪白的嫩藕，放在唇邊，向他笑了笑，沒的可說。

小趙給她個機會：「學校快考試了吧？我現在要是在學校裡，要命也考不上；功課全忘了！」

她心裡舒服了，他也有比不上我的地方！他的功課都忘了，我在這一點上比他強。她說起學校的事來，一邊說一邊吃東西，順手的往口中放，也不覺得不好意思了。他又要點心；不，不能再吃點心；應當請一請他；請他什麼呢？不知道，也不好開口。不吃點心，不餓！況且，也該回學校了，快考試了！被熟人看見，再說，也不好意思。可是，他是我父親的好朋友，我來是和他商議天真的事，就是被父母看見，也有的說。又捨不得走了，呆呆的坐著，臉上不由的發熱。看著水邊上的小蜻蜓，飛了飛，落在蓮花瓣上；落了會兒，又飛起來。南邊的大橋上，來來往往不斷的人馬，像張活動的圖畫。橋下有幾隻小船，男的穿白，一躬一躬的搖槳，女的藏在小花傘下面，安靜，浪漫：一陣風帶著荷香，從面上吹過。她收回神來，看他一眼，他的眼正釘著她的笑渦，兩人的眼遇到一塊，定了一定，輕輕的移開，茶房來收拾汽水瓶子。

「我們划船去？」

「我該回去了！」

「咱們不賃這小破船，上董事會去借好的！」

她未置可否，可是由他拿著小傘。

船停在柳蔭下，她還打著小傘，看水中的倒影，正在自己的面部上浮著幾個小魚。

船上玩了半天，決定回學校去，可是小趙攔住她，非去一同吃飯不可。不好意思。可是趙先生絕不拿自己當個小學生看，而是用成人對成人的那種客氣勸留，所用的話正是父親留客吃飯時用的那些。又不好意思拒絕。人家拿成人待我，怎好和人家耍孩子脾氣。去吧。

要菜要飯，給飯錢與小帳，小趙的神氣與態度都那麼老到，自然：絕不像中學生那樣羞羞愧愧的從小口袋裡掏錢。秀真覺得處處比不上他，他懂得一切。吃完飯，無論怎樣該回學校了，趙先生也不再攔阻，並且依著她的主張，二人在園內就分了手，她往南，他往北；他沒堅決的要求陪她一同出去。大方，體諒。

一離開他，秀真覺得身上輕了好些，走得很快，似乎由成人又回到歡蹦亂跳打籃球的女學生。可是心裡並沒忘了他，有點怕他，又說不上他的毛病在哪塊。一塊兒吃汽水，划船，吃飯，一個夢境的實現，心裡確是受了刺動。他不可怕，為什麼怕他呢！他沒說一句錯話，他沒偷偷的拉我的手，他不是壞人。他多麼溫柔！一邊走一邊思索，走著走著忽然立住，恍忽似乎丟了什麼東西。摸了摸身上，想了想，什麼也沒丟，水裡的影兒現出自己的傘：蹲下照了照臉，還是那樣，胖胖的，笑渦旋著點紅色。跟他在一塊是沒危險的。媽媽老咐囑小心男人，那要看是哪個男人。跟好男人一塊玩玩，有什麼損害呢？立起來，向後撩了撩頭髮。身後走著一對夫婦，男的比女的大著許多，男的抱著個七八個月大的胖娃娃。秀真愛這個胖娃娃，願意過去把娃娃接過來，抱一會兒。結婚一定是很有趣的。看了看那個女的，不見得比自己歲數大，小細手腕，可是乳部鼓鼓著：小媽媽，胖娃娃，好玩！胖娃娃轉過臉向秀真笑了笑，跟著嘴裡「不，不」了兩聲。她又不好意思了，向前搶球似的跑了幾步。跑到白塔的土基上，找了塊大石，坐下，心裡直跳，也有點亂。口中發渴，跑下來，喝了兩碗酸梅湯。

三

小趙心中也沒閒著，眼珠在心上炒豆兒似的直跳，覺得自己的那顆心確是有用，眼力也不差！「老眼，趕明兒真該給你配付眼鏡，真有你的！」可是「太嫩！恐怕中看不中吃！」管它呢，先玩一玩！買熟貨起碼就得二百出頭，還得費工夫調教。這個貨太嫩點，可是只費兩瓶汽水與一頓飯呢！不用訓練，自來美。時代是他媽的變了，女學生是比陳貨鮮明：無論妓女怎打扮也賽不過學生們去。白布小衫也好，旗袍也好，總比窯姐兒們好看。小趙你得嘗口鮮的，不要落伍，不要辜負了時代！衙門中那群玩藝，哪懂得這個？！小趙你是聰明，凡事無師自通，買陳貨，吊姨太太，你會；玩女學生，你也會了！誰教給你的？媽的，趕明兒不上交民巷釣個洋妞才怪！用心，沒有不成的事！

叫老吳玩那個破貨去，小子，至多再叫你玩上一月，我要不把你送到五殿閻王那兒去，我是頭蒜！我叫你先和方墩離了婚，然後再把那個破貨弄回來，賣出去，哪怕賠幾塊錢賣呢，賭得是口氣！你等著，小子，不叫你家破人亡連根兒爛，算小趙白活！

至於老李那小子，比吳太極更厲害點：可是你還能比小趙霸道，我的笛耳？我叫你不和趙先生，趙老爺，趙大人，合作！敢和我碰碰？真，瞎了你的狗眼！敢不在趙科員面前打招呼，而想在財政所作事？真！臨完還成心找尋我，不許我弄張秀真？我看看你的！秀真笛耳，已經到了手；你的二百五十元，咱正花著；張大哥的房子，不久也過來！你？叫你吃不了兜著走！先叫方墩上衙門跟你鬧個底兒掉，然後叫她上你那兒住個一年半載。你有所長的門子，哼，咱看看到底誰行。等你免了職，咱才和秀真結婚，給你個請帖！跟小趙叫勁？不知好歹！你知道小趙，趙老爺，將來有什麼發展哪？就憑秀真一個人，我就能作所長，你大概不信？那麼，你也許不知道，市長憑著什麼作市長？你哪能知道，我的寶貝！你等著看小趙一手吧！謝謝你的二百五十塊錢，專等再謝謝你來送婚禮，別只寫副喜聯呀，夥計！

小趙去吃了兩杯冰淇淋，心裡和冰一樣舒服。

第十六

一

老李帶著英在外面足玩了半日，心中很痛快。也沒向衙門裡請假，也不惦記著家裡，只顧和英各處玩耍。他看明白了：在這個社會裡只能敷衍，而且要毫沒出息的敷衍，連張大哥那種鄭重其事的敷衍都走不通。他決定不管一切，只想和英痛快的玩半天。吃過了晚飯，英已累得睜不開眼。老李不想回家，可是又沒法安置英；回去，她愛怎鬧怎鬧；把小孩子放在家裡再說；鬧得太不像樣，我還可以出來，住旅館去；沒關係。

馬少奶奶拉著菱在門口立著呢。太陽落後的餘光把她的臉照得分外的亮，她穿著件長白布衫，拉著菱，菱穿著個小紅短袖褂子。像一朵白蓮帶著個小紅蓮苞，老李心裡說。菱跑過來拉爸，英撲過馬嬸去。「你們上哪兒啦，一去不回頭？」她問英，自然也是問老李。他抱起菱來，「我們玩去了；家裡不平安，就上外面玩去。」他的語氣中所要表示的「我才不在乎」都被眼睛給破壞了。她正看著他的眼睛，他的眼神絕不與語氣一致。他也承認了這個，不行，不會對生命嬉皮笑臉；想敷衍，不在乎，不會！他知道她也明白這個。「菱，媽媽還鬧不鬧了？」他問，勉強的笑著，極難堪。

「媽嘴腫，不吃飯飯！」菱用小手打了爸兩下：「打爸！菱不氣媽，爸氣媽！臭爸！臭啊——」菱用小手摀上鼻子。

老李又笑了，可是不好意思進街門。

「您進去吧，沒事啦。」馬少奶奶淘氣的一笑，好像逗著老李玩呢。

老李出了汗，恨不能把孩子放下，自己跑三天三夜去，跑到座荒山去當野人。可是抱著菱進了門。英也跟進來，剩下馬嬸自己在門外立著。老李回頭看了一眼，她腦後的小辮不見了，頭髮剪得很齊，更好看了些。

李太太在屋裡躺著呢。英進去報告一切，媽也不答理。

「爸，你給我買好吃沒有？」菱審問著爸。

爸忘了。忽然的想起來：「菱你等著，爸給買好吃去。」放下菱，跑出來。跑到門洞，馬少奶奶把門對好，正往裡走。

「您又上哪兒？」她往旁邊一躲。

「我出去住兩天，等她不犯病了我再回來。受不了這個！」

「這才瞎鬧呢。」

「怎麼？！」他的聲音很低，可是帶著怒氣，好像要和她打架似的。

她愣了一會，「為我，您也別走。」

「怎麼？」這個比它的前人柔和著多少倍。

「馬有信來，說，快回來了。一定得吵。」

「怎麼？」

「他一定帶回那個女的來。」

「信上說著？」

「不是。」

「你——您怎麼知道？」

「我心裡覺出來，他必把她帶回來；還不得吵？」門洞雖然黑，可是看見她笑了——也不十分自然。

「我不走好了，我專等和誰打一通呢！你不用怕。」

「我有什麼可怕的？不過院裡有個男的，或者不至於由著馬的性兒反。」

「他很能鬧事？」

她點了點頭。「好吧，您還出去不？」

「出去給菱買點吃的，就回來。」他開開門，進了些日落後的軟光。門外變了樣，世界變了樣，空氣中含著浪漫的顏色與味道。

二

財政所來了位堂客，身子是方塊，項上頂著個白球，像剛由石灰水裡撈出來。要見所長。傳達處的工友問什麼事，白球不出聲。工友拒絕代為通報，臉上挨了個嘴巴。工友捂著臉去找所長，所長轉開了眼珠：「叫巡警把她攆開！」繼而一想，男女平權的時代，不宜得罪女人，況且知道她是誰？「請趙科員代見。」小趙很高興的來到會客廳，接見女客，美差！及至女客進來，他瞪了眼，吳太太！

「好了，你叫我來鬧，我來了，怎麼鬧吧？你說！」方墩太太坐下了。工友為是保護科員，在一旁侍立，全聽了去。

「李順，走！」趙科員發了令。

「！」李順很不願意出去，可是不敢違抗命令。

「大姐，你算糟到家了！」小趙把李順送了出去，關上門，對方墩說：「不是叫你見所長嗎？」

「他不見我，我有什麼法兒呢？」

「不見你，你就在門口嚷啊。姓李的，你出來！你把吳科員頂下去，一人吃兩份薪水！還叫我們離婚！我跟你見個高低！就這麼嚷呀。嚷完，往門框上就拴繩子，上吊！就是所長不見你，你這麼一嚷還傳不到他耳朵裡去？他知道了，全所的人都知道了；就是所長不免他的職，他自己還不滾蛋？你算糟透了，見我幹嘛呀？！」

「我沒要見你呀！你幹嘛出來？」

「嘿！糟心！你趕緊走，我另想辦法。反正有咱們，沒老李；有他，沒咱們！走吧。家裡等我去。」

小趙笑著，規規矩矩把方墩太太送到大門，極官派的鞠躬：「再會，吳太太；回來我和所長詳說，就是。」轉過臉來：「李順，這兒來！你敢走漏一個字，我要你的命！」

小趙非常的悲觀。成敗倒不算什麼，可氣的是人們怎這麼飯桶。拿方墩說，就連衙門外嚷嚷一陣都不會，怎麼長那身方肉來著呢！頭一炮就沒響。要不怎麼這群人不會成功呢，把著手兒教，到時候還弄砸了鍋。小趙很願意想出一種新教育來，給這群糟蛋一些新的訓練。「你等著，」他告訴自己，「等小趙作了教育總長再說！」

三

老李和太太沒正式宣戰而斷絕了國交。三天，誰也沒理誰。他心中，可是，並沒和太太叫勁。他一心一意的希望著馬先生回來，看看人家這會浪漫的到底是長著幾個鼻子；心中有所盼望，所以不說話也不覺得特別的寂寞。除了這件事，他還惦記著張大哥。到底小趙是賣什麼藥呢？天真還沒有放出來！張大哥太可憐了，整天際把生命放在手裡捧著，臨完會像水似的從指縫間漏下去！單單的捉去他的兒子；哪怕一把火燒了他的房呢，連硬木椅子都燒成焦炭呢，張大哥還能立起來，哪怕是穿著舊布衫在街上去算命合婚呢，他還能那麼乾淨和氣，還能再買上一座小房；兒子，另一回事。奇怪，那麼個兒子會使張大哥跌倒不想往起爬——假如英丟失了，我怎樣？老李問自己。難過是當然的，想不出什麼超於難過的事。時代的關係？夫妻間的愛不夠？張大哥比我更布爾喬亞？算了吧，看看張大哥去。

自遷都後，西單牌樓漸漸成了繁鬧的所在，雖然在實力上還遠不及東安市場一帶。東安市場一帶是暗中被洋布爾喬亞氣充滿，幾乎可以夠上貴族的風味。西單，在另一方面，是國產布爾喬亞，有些地方——像烙餅攤子與大碗汁麻醬麵等——還是普羅的。因此，在普通人們看，它更足以使人舒服，因為多著些本地風光。它還沒夢想到有個北京飯店，或是烏利文洋行。咖啡館的女招待，百貨店的日本貨，戴一頂新草帽或穿一雙白帆布鞋就可以出些風頭的男女學生，各色的青菜瓜果，便宜坊的燒鴨，羊肉餡包子，插瓶的美人焦與晚香玉，都奇妙的調和在一處，亂而舒服，熱鬧而不太奢華，浪漫而又平凡。特別是夕陽擦山的前後，姑娘們都穿出夏日最得意的花衫，賣梅湯的冰盞敲得輕脆而緊張，西瓜的吆喝長而多顫；偶爾有一陣涼風；天上的餘光未退，鋪中的電燈已亮；人氣車聲汗味中裹著點香粉或花露水味，使人迷惘而高興，袋中沒有一文錢也可以享受一些什麼。真正有錢的人們只能坐著車由馬路中心，擦著滿是汗味的電車，向長安街的瀝青大路馳去，響著車鈴或喇叭。

老李永不會欣賞這個。他最討厭中等階級的無聊與熱鬧，可是在他的靈魂的深處，他有點貴族氣。他沿著馬路邊兒走，不肯和兩旁的人群去擠。快到了堂子胡同，他的右臂被人抓住。丁二爺。「啊，李先生！」丁二爺的舌頭似乎不大俐落，臉上通紅，抓住老李的右臂還晃了兩晃，「李先生，我又在這兒溜酒味呢！又喝了點，又喝了點。李先生，上次你請我喝酒，我謝謝你！這是第二次，記得清楚，很清楚。還能再喝點呢，有事，心中有事。」他指了指胸口。

老李直覺的嗅出一點奇異的味道，他半拉半扯的把丁二爺架到一個小飯鋪。

又喝了兩盅，丁二爺的神色與往日絕不相同了，他居然會立起眉毛來。「李先生，秀真！」他把嘴放在老李的耳邊，可是聲音並沒放低，震得老李的耳朵直嗡嗡。「秀真！」

「她怎麼了？」老李就勢往後撤了撤身子，躲開丁二爺的嘴。

「我懂得婦女，很懂得。我和你說過我自己的事？」

老李點了點頭。

「我會看她們的眼睛和走路的神氣，很會看。」他急忙吞了一口酒。「秀真回來了，今天。眼睛，神氣，我看明白了。姑娘們等著出閣是一樣，要私自鬧事又是一個樣，我看得出。秀真，小丫頭，我把她抱大了的，現在——」丁二爺點著頭，不言語了，似乎是追想昔年的事。

「現在怎樣？」老李急於往下聽。

「哎！」丁二爺的嘆氣與酒盅一齊由唇上落下。「哎！她一進門，我就看出來，有點不對，不對。她不走，往前擺，看著自己的大腳微笑！不對！我的小鳥們也看出來了，忽然一齊叫了一陣，忽然的！我把秀真叫到我的屋裡；多少日子她沒到過我屋裡了！小的時候，一天到晚找丁叔，小丫頭！我盤問她，用著好話：她說了，她和小趙！」

「和小趙怎著？」老李的大眼似乎永遠不會瞪圓，居然瞪圓了。

「一塊出去過，不止一次了，不止。」

「沒別的事？」

「還沒有；也快！秀真還鬥得過他？」

「嘿！」

「哎！婦女，」丁二爺搖著頭，「婦女太容易，也太難。容易，容易得像個熟瓜，一摸就破；難，比上天還難！我就常想，左不沒事吧，沒事我就常想，我的小鳥們也幫著我想，非到有朝一日，有朝一日男女完全隨便，男女的事兒不能消停了。一個守一個，非搗亂不可。我就常這麼想。」

老李很佩服丁二爺，可是顧不及去討論這個。「怎辦呢？」

「怎辦？丁二有主意，不然，丁二還想不起喝酒。咱們現在男女還不能敞開兒隨便：兒女一隨便，父母就受不了。咱們得幫幫張大哥。我準知道，秀真要是跟小趙跑了，張大哥必得瘋了，必得！我有主意，揍小趙！他要是個好小子，那就另一回事了，秀真跟他就跟他。女的要看上個男的，勸不來，勸不來，我經驗過！不過，秀真還太小，她對我說，她覺得小趙好玩。好玩？小趙？我揍他！廿年前我自己那一回事，是我的錯，不敢揍！我吃了張大哥快廿年了，得報答報答他，很得！我揍小趙！」

「揍完了呢？」老李問。

「揍就把他揍死呀！他帶著口氣還行，你越揍他，秀真越愛他，婦女嗎！一揍把他揍回老家去，秀真姑娘過個十天半月也就忘了他，頂好的法兒，頂好！勸，勸不來！」

「你自己呢？」老李很關切的問。

「他死，我還想活著？活著有什麼味！沒味，很沒味！這廿年已經是多活，沒意思。喝一盅，李先生，這是我最後的一盅，和知己的朋友一塊兒喝，請！」

老李陪了他一盅。

「好了，李先生，我該走了。」丁二爺可是沒動，手按著酒盅想了會兒：「啊，我那幾個小黃鳥。等我——的時候，李先生，把牠們給英養著玩吧。沒別的事了。」

老李想和他用力的握握手，可是愣在那裡，沒動。

丁二爺晃出兩步去，又退回來：「李先生，李先生，」臉更紅了，「李先生，借給我倆錢，萬一得買把傢伙呢。」

四

老李不想去看張大哥了；丁二爺的言語像膠黏在他的腦中，他不知道是欽佩丁二爺好，還是可憐他好。可是他始終沒想起去攔阻丁二爺，好像有人能去懲治小趙是世上最好的一件事。他覺得有點慚愧，為什麼自己不去和小趙幹？唯一的回答似乎是——有家小的吃累，不能捨命，不是不敢。但是，就憑那樣一位夫人，也值得犧牲了自己，一生作個沒起色，沒豪氣的平常人？自己遠不如丁二爺，自己才是帶著口氣的活廢物。什麼也不敢得罪，連小趙都不敢得罪，只為那個破家，三天沒和太太說話！他越看不起自己，越覺得不認識自己，「到底會幹些什麼？」他問自己。什麼也不會。學問，和生活似乎沒多大關係。在衙門裡作事用不著學問。思想，沒有行動，思想只足以使人迷惘。最足以自慰的是自己的心好，可是心好有什麼標準？有什麼用處？好心要是使自己懦弱，隨俗，敷衍，還不如壞心。他低著頭在暮色中慢慢的走，街上的一切聲音動作只是嘈雜紊亂，沒有半點意義。一直走到北城根，看見了黑糊糊的城牆，才知道他是活著，而且是走到了「此路不通」的所在。他立住，抬頭看著城牆上的星們。四外沒有什麼人聲了，連燈光也不多。垂柳似乎要睡，星非常的明。他入了另一個世界。一個沒有人，沒有無聊的爭執，連無聊的詩歌也沒有的世界：只有綠柳伴著明星，輕風吹著小萍，到靜到連蓮花都懶得放香味的時候，才從遠處來一兩聲雞鳴，或一兩點由星光降下的雨點，叫世界都入了個朦朧的狀態。呆立了許久，他似乎醒過來。嘆了口氣，坐在地上。

地上還有些未散盡的熱氣，坐著不甚舒服，可是他懶得動。南邊的天上一團紅霧，亮而陰慘。

遠處，似乎是由那團紅霧裡，來的一些聲音，沙沙的分辨不清是什麼，只是沙沙的，像宇宙磨著點兒什麼東西，使人煩惱而又有些希冀，一些在生死之間的響聲。他低下頭不再看。想起幼年在鄉間的光景。麥秋後的夏晚，他抱著本書在屋中念，小燈四圍多少小蟲，綠的，黃的，土色的，還有一兩個帶花斑的蛾子，向燈罩進攻。別人都在門外樹下乘涼。「學生」，人們不提他的名字，對他表示著敬意。十四五歲進城去讀書，自覺的是「學生」了，家族，甚至全國全世界的光榮，都在他的書本上：多識一個字便離家庭的人們更遠一些，可是和世界接近一點。讀了些劍俠小說也沒把他的「學生」的希冀忘掉了，雖然在必不得已的時候也摩仿著劍俠和同學打一架，甚至於被校長給記過一次，「學生」的恥辱。

到北平去！頭一次見著北平就遠遠看見那麼一團紅霧，好像這個大城是在雲間，自己是往天上飛。大學生，還是學生，可是在雲裡，是將來社會國家的天使，從雲中飛降下來，把人們都提起，離開那汙濁的塵土。結了婚：本想反抗父母，不回家結婚，可又不肯，大學生的力量是偉大的，可以改革一切：一個鄉下女子到自己手裡至少也會變成仙女，一同到雲中去。畢了業，戴上方帽子照了像，嘴角上有點笑意，只是眼睛有點發呆。找事作了，什麼也可以作，憑著良心作，總會有益於人的。只是不能回鄉間去種地，高粱與玉米至高不過幾尺高，而自己是要登雲路的。有機會去革命，但是近於破壞：流血也顯著太不人情，雖然極看不起社會上的一切。我不入地獄？誰入地獄？於是入了地獄，至今也沒得出來，鬼是越來越多，自己的臉皮也燒得烏黑。非打破地獄不可！可是想打破地獄的大有人在，而且全是帶走一批黑鬼，過了些日子又依舊回來，比原前還黑了三倍，再也不想出去。管自己吧，和張大哥學。張大哥是地獄中最安分的笑臉鬼。接來家眷，神差鬼使的把她接來，有了女鬼，地獄更透著黑暗，三天誰也不理誰！就著鬼世界的一切去浪漫吧，膽子不知為什那麼樣小，或者是傲慢不屑？誰知道！又看見了那團紅霧，北平沒在天上，原來：是地獄的陰火，沙沙的，燒著活鬼，有皮有肉的活鬼，有的還很胖，方墩，舉個例說。

不敢再想！沒有將來，想它作甚？將來至好不過像張大哥——閉門家中坐，禍從天上來。地獄的生活本是懲罰。小趙應當得意；丁二爺是多事，以鬼殺鬼，鋼刀怎會見血？！自己抓不到任何東西，眼前是那團紅霧，背後是城牆；幸而天上有星——最沒用的大螢火蟲們！好像聽見父親叱牛的聲音。父親抓住了一塊地，把一生的汗都滴在那裡。可是父親那塊地也保不住，假如世界是地獄的話。收莊稼的時候，地獄的火會燒得更痛快，忽，一陣風，十里百里一會兒燎盡！連根麥稈也剩不下！

極慢的立起來，四圍沒有一個人，低著頭走。向東沿著河沿走，地上很溼軟，垂柳像搖籃似的輕擺，似乎要把全城搖入夢境。柳樹後出來一個黑影，極輕快的貼住他的肩，一股賤而難過的香味。「家去坐坐，不遠；茶錢隨意。」一個女的聲音，可是乾裂，難聽，像是傷風剛好的樣子。老李本能的躲了躲，她緊往前跟。他摸了摸袋中，只剩了幾角錢的票子，抓了出來，塞在她的手中。「不家去呀？」她說著把手放下去。他的嗓中堵塊石子，深一腳淺一腳的快走。又找到大街，他放慢了腳步。「地獄裡的規矩人！」他叫著自己。回去，她一定還沒走呢，把手錶也給了她。沒敢回去。一個手錶救不了任何人。藉著路燈看了看，已經十二點半。

五

他兩天沒到衙門去，一來是為在家中等著那個浪漫的馬先生，二來是打不起精神去作事。連丁二爺都能成個英雄，而老李是完全被「科員」給拿住，好像在籠裡住慣的小鳥，打開籠門也不敢往出飛；硬不去兩天試試，散了就散了，沒關係！在他心的深處，他似乎很怕變成張大哥第二——「科員」了一輩子，以至於對自己的事都一點也不敢豪橫，正像住慣了籠子的鳥，遇到危險便閉目受死，連叫一聲也不敢：平日的歌叫只為討人們的歡心。他怕這個。他知道他已經被北平給捆起來，應當設法把翅膀抽出來，到空中飛一會兒。絕對的否認北平是文化的中心，雖然北平確是有許多可愛的地方。設若一種文化能使人沉醉，還不如使人覺到危險。老李不喜歡喝咖啡，一小杯咖啡便叫他一夜不能睡好。現在他決定要些生命的咖啡，苦澀，深黑，會踢動神經。北平太像牛乳，而且已經有點發酸。

跟太太還不過話，沒關係。「科員化」的家庭，吵嘴都應低聲的；不出一聲豈不更好？心中越難過，越覺得太太討厭。她不出聲，正好，省得時時刻刻覺到她的存在。將來死了埋在一處，也不過是如此，一直到倆人的棺材爛了，骨頭挨著骨頭，還是相對無言，至於永久；好吧，先在活著的時候練習練習這個。就怕有朋友來，被人家看破，不好意思，「科員」！管它呢，誰愛來誰來，說不定連朋友也罵一頓；有什麼可敷衍的？

邱太太來了。紙板似的，好像專會往別人家的苦惱裡擠。老李想把她攆出去，可是不敢：得陪著說話，無論如何無聊！

「李先生，我來問你，你看邱真有意學學吳先生嗎？」兩槽牙全露出來。

「不知道。」

「哼！你們男人都互相的幫忙，有團體！我才不怕，離婚，正好！」

「幹嘛再說，那麼？」老李心中說。

邱太太到屋裡去找李太太。老李看出，自己應該出去溜溜；科員不便和另一科員的太太起什麼衝突。拉著英出去了。

上哪兒去？想起北城根那個女人。哪能那麼巧又遇上她。遇上，也不認識呀；在半夜裡遇見的。可憐的姑娘，也許是個媳婦。她為什麼不跳在河溝裡？誰肯！老李你自己肯把生命賣給那個怪物衙門，她為什麼不可以賣？焉知她不是為奉養一個老母親，或是供給一個讀書的弟弟？善良與黑暗遇上便是悲劇。

找張大哥去？不願意去，也不好意思去，天真還沒出來。到底小趙是怎回事？為什麼不去提著小趙的耳朵，把實話揍出來？飯桶，糟蛋，老李！

買了個極大的三白香瓜，堵上英的嘴，沒目的而又非走不可的瞎走。

第十七

一

半夜裡，張大哥把大嫂推醒，「我作了個夢，我作了個夢。」他說了兩遍，為是等她醒明白了再往下說。

「什麼夢？」她打了個哈欠。

「夢見天真回來了。」

「夢是心頭想。」

張大哥愣了一會兒。「夢見他回來了，頂喜歡的。待了一會兒，秀真也來了。秀真該來了，不是應當放暑假了嗎？」

「七月一號才完事呢，還有兩三天了。」

「啊！我夢見她回來了，也挺喜歡的。待了一會兒，彷彿咱們是辦喜事，院子裡搭起席棚，上著喜字的玻璃，廚子王三來了，親友也來了，還送來不少汽水。秀真出門子，給的是誰？你猜！」

「我怎會猜著你的夢？」

張大哥又愣了一會兒。「小趙！給的是小趙！他穿著西服，胸前掛著大紅花，來親迎。我恍忽似乎看見吳太極，邱先生，孫先生們都在西屋外邊立著，吸著菸卷。他們的眼睛，我記得清楚極了，都釘著我，好像在萬牲園裡看猴子那樣，臉上都帶著點輕視我的笑意。我看見小趙進來，又看見他們大家那樣笑我，我的心要裂了。我回頭看了看，秀真在堂屋立著呢，沒有打扮起來，還穿著學校的制服。她不哭也不笑，就是在那兒立著，像傀儡戲裡的那個配角，立在一旁，一點動作沒有。我找你，也找不到。我轉了好幾個圈。你記得咱們那條老黃狗？不是到夏天自己咬不著身上的狗蠅就轉圈，又急又沒辦法？我就是那個樣。我想揍小趙；一生沒打過架，胳臂抬也抬不起，淨剩了哆嗦了。小趙向我笑了。我就往後退，擋住了秀真。我想拉起她往外跑，小趙正堵住門。吳太極們都在他身後指著我笑。我拉著她往後退。正在這個當兒，門外咚——響了一聲，震天震地的，像一個霹靂。我就醒了。什麼意思呢？什麼意思呢？」

「沒事！橫是天真快出來了。我明個早晨給他的屋子收拾出來。」張大嫂安慰著丈夫，同時也安慰著自己。

「夢來得奇怪，我不放心秀真！」

「她，沒事！在學校裡正考書，還能有什麼事？」大嫂很堅決的說，可是自己也不大相信這些話。

張大哥不言語了。帳子外邊有個蚊子飛來飛去的響著。待了好大半天，他問：「你還醒著哪？」

「睡不著了，蚊子也不是在帳子裡邊不是？」

他顧不到蚊子的問題。「我說，萬一小趙非要秀真不可呢？」

「何必信夢話呢！不是老李和他說好了嗎？」

「夢不夢的，萬一呢！老李這兩天也沒來！」

「衙門也許事兒忙，這兩天。」

「也許。我問你，萬一小趙非那麼辦不可，你怎著？」

「我？我不能把秀兒給他！」

「不給他，天真就出不出來呢？」張大哥緊了一句。

「那——」

「哎！」張大哥又不言語了。

夫妻倆全思索著，蚊子在帳子外飛來飛去的響。

大嫂先說了話：「我的女兒不能給他！」

「兒子可以不要了？」

「我也不是不愛兒子，可是——」

「他要是明媒正娶的辦；自然這口氣不好受，可是——」

「命中沒兒子就是沒兒子；女兒是可以不——」

「不用說了，」張大哥有點帶怒了，「不用說了！命該如此就結了！我姓張的算完了；拿刀剁小趙個兔崽子！」

多少多少年了，張大哥沒用過「兔崽子」。「拿刀剁？」只能說說。他不能再睡。往事一片一片的落在眼前。自己少年時的努力，家庭的建設，朋友的交往，生兒女的欣喜，作媒的成功，對社會規法的履行，財產購置……無緣無故的禍從天降！自從幼年，經過多少次變亂，多少回革命，自己總沒跌倒，財產也沒損失，連北京改成北平那麼大的變動都沒影響到自己，現在？北京改名北平的時節，他以為世界到了末日，可是個人的生活並沒有搖動。現在！不明白，什麼也不明白；小趙比他小著二十多歲。小趙是飛機，張大哥是騾車；騾車本不想去追飛機，可是飛機擲下的炸彈是沒眼睛的。騾車被炸得粉碎。他想起前二年在順治門裡，一輛汽車碰死一匹老驢。汽車來到跟前，老驢雙腿跪下了，癱了，兩隻大眼睛看著車輪軋在自己的頭上，一汪血，動也沒動，眼還睜著！那匹老驢也許是在妙峰山的香會上，白雲觀神路上，戴著串鈴，新鞍，毛像緞子似的，鼻孔張著，飛走，踢起輕鬆的塵沙，博得遊人的彩聲。汽車來了，瞪著眼，癱在那裡！張大哥聽見遠處的雞鳴，窗紙微微發青，不能睡，不能！自己是那個老驢，跪到小趙的身前，求他抬手，饒了他；必不得已，連秀真饒上也可以；兒子的價值比女兒高。大嫂也沒睡。

二

大嫂來找老李，到底小趙是怎回事？她拿出有小趙簽字的紙條，告訴老李，張大哥作了個惡夢。

李太太看見親家來了，不得不和丈夫一同接見。丈夫的眼神非常的可怕，像看見老鼠的貓，全身的力量都運到眼上。老李還不到話來。大嫂的臉，雖然勉強笑著，分明帶著隔夜的淚痕。她不但關心天真，而且問老李：「秀兒是不是準沒危險？」老李回答不出。他的唇白了，腦門上出了熱汗，眼睛極可怕。生平不愛管閒事，雖然心中願意打個抱不平；一旦自動的給人幫忙，原來連半點本領也沒有，叫小趙由著性戲弄；自己是天生來的糟蛋！什麼事都由著別人，自己就沒個主張？穿衣服，結婚，接家眷，生，死，都聽別人的。連和太太大聲嚷幾句都不敢。道地糟蛋。只顧了想自己的事，張大嫂又說了什麼，沒聽見。自己要說點什麼，說不出，嘴唇只管自張自閉，像淺木盆裡的掙扎性命的魚！

大嫂還勉強笑著逗一逗乾女兒，摸著菱的胖葫蘆臉。摸著摸著哭起來，想起秀真幼時的光景。李太太也陪著落淚，自己一肚子的冤屈還沒和大嫂訴說。丈夫的眼神非常的可怕，不敢多哭，而且得勸住張大嫂。

正在這個時節，吳太太來了，進了屋門就哭。方墩的臉上青了好幾塊，右眼上一個大黑圈。「我活不成了，活不成了！」看見張大嫂也在這裡，更覺得勢力雄厚些：「老李，你不叫我活著，我也叫你平安不了。吳小子雖然厲害，向來沒打過我；現在，你看看，看看！」她指著臉上的傷。「都是你，你把他頂下來，你叫他和我離婚：今天就是今天了，咱們倆上當街說去！」

李太太為這個自己打過一頓嘴巴，可是始終沒和丈夫鬧破。自然哪，丈夫心裡有病；不說，他自己還不明白？他心裡明白，假裝糊塗，好幾天不理我！吳太太來得好，跟他鬧，看他怎樣！白給小趙二百五十塊錢，夠買兩三畝地的！

老李莫名其妙，一句話沒有。嘴一張一閉，汗衫貼在背上，像剛被雨淋過的。

張大嫂問了方墩幾句。把自己的委屈暫放在下層，打住了淚，為老李辯護。「這是小趙寫的，我不都認識，我明白其中的意思。老李為我們給了他二百五十塊錢。為我們把他自己押給小趙。老李會頂了吳先生？老李會叫吳先生跟你離婚？我家裡鬧了事，你們連問也不問，就是老李是個好人，我告訴你吳太太！買房子？老李買我們的房子？小趙要的報酬！小趙是你們家的人，不是個東西！」大嫂把幾個月的怨氣恨不能都照顧了方墩，心中痛快了些。

方墩不言語了。可是淚更多了：「反正我挨了打！」心裡頭說：「不能這麼白挨！」

李太太瞪了眼，幸而沒向大嫂說這回事。丈夫的眼神非常的可怕，吳先生可以揍吳太太，焉知老李不拿我殺氣？

老李一聲也不響，雖然大嫂把方墩說得閉口無言，可是心中越發覺得無聊。這群婦人們，小趙！自己是好人，沒用！

張大嫂又給方墩出了主意，「找小趙去！跟他拚命，你要是治服了他，吳先生再也不敢打你。我的當家子的也把差事擱下了，難道也是老李的壞？」

「小趙還叫我上衙門鬧去呢！」方墩心裡說。待了會兒對兩位太太說：「我誰也不怨，只怨我不該留下那個小妖精！我沒挨過打，沒挨過！」她覺得一世的英名付於流水。「沒完，我家去，我死給他們看看，我誰也不怨，」她設法張開帶黑圈的眼看了老李一下，似乎是道歉，「我走了。我死後，只求你姐們給我燒張紙去！」

方墩走後，李太太乘著張大嫂沒走，設法和丈夫說話，打開僵局。有客人在座，比較的容易些，可是老李還是沒理她。

三

小趙第一沒有任何宗教信仰，第二沒有道德觀念，第三不信什麼主義，第四不承認人應有良心，第五不向任何人負任何責任，按說他可以完全無憂無慮，而一人有錢，天下太平了。不過，人心總是肉長的，小趙的心不幸也是肉長的，這真叫他無可如何的自憐自嘆自恨。對於秀真，他居然有一點為難！本來早就可以把她誘到個地方，使她變成個婦人；可是不知為了什麼，他還沒下手。人的心不能使人成為超人；小趙恨自己。她比別的婦人都容易弄到手，別的婦女得花錢，定計，寫契證；她完全白來，一瓶汽水，幾聲笛耳，帶她看了趟天真，行了。可是他不敢下手，他不認識了自己。

他向來不為難，定計策是純粹理智的，用不著感情：成功與失敗是憑用計的詳密活動與否，也不受良心的責備與監視。成功便得點便宜，失敗就損失點：失敗了再幹，用不著為難。秀真有點與眾不同，簡單得像個大布娃娃，不用小趙費半點思想。也許是理智清閒起來，感情就來作怪，小趙像拿慣了老鼠的貓，這回捉住了個小的，不肯一口吞下，而想逗弄著玩，明知道這是不妥，甚至於是不對，可是不肯下手。假如這麼軟弱下去，將來也許有失去捕鼠能力的可能！小趙沒了主意。她的眼睛鼻子笑渦，連那雙大腳，都叫他想到是個「女子」，不是「貨物」。他常想他的母親和他的父親也不過是那麼一回事，但是他不肯隨便罵自己的親娘。對於秀真也有這麼點。他覺得秀真應當和他有點人與人的關係，不是人與貨物的關係。一向他拿女的當作機器，或是與對不很貴的磁瓶有同等的作用與價值。秀真會使他的心動了動。他非常奇怪的發現了自己身上有種比貓捕鼠玄虛一些的東西。他要留著秀真，永遠滿足他的肉慾，而不隨手的扔了她。這便奇怪的很。這是要由小趙而變成張大哥——張大哥有什麼出息？！這是要由享受而去負責任，由充分的自由而改成有家有室，將來還要生兒養女。因此得留著秀真的身子，因為小趙是要為自己娶太太。他覺著非常的可笑，同時又覺著其中或者另有滋味，她確是與眾不同。但是，為了這點玄虛的東西而犧牲了個人的事業，上算不上算？把秀真送出去，至少來幾千，先不用說升官。小趙為了難。思想還是清楚的，不過這一回每當一思索就有點別的東西來裹亂。性慾的問題，在小趙本不成問題。現在生要為這個問題而永遠管一個女子叫笛耳，太不上算；吃著他，喝著他，養了孩子他喂著，還得天天陪上幾聲笛耳，糊塗！可是秀真有股子奇怪的勁，叫他想到，老管她叫笛耳是件舒服事，有一個半個小小趙，她養的，也許有趣味。他是上了當。不該鉤搭這麼個小妖精。後悔也不行，他極願意去和她一塊走走逛逛，看看她的一雙大腳。那雙大腳踩住了他的命，彷彿是。婦女本來都是抽象的，現在有一個成為具體的，有一定的笑渦，大腳，香氣，貼在他的心上，好像那年他害肚子疼貼的那張回春膏。雖然貼著有些麻煩，可是還不能不承認那是自己身上的一部份，它叫肚皮發癢，給內部一些熱氣；一貼膏藥叫人相信自己的肚子有了依靠。一塊錢一貼；在肚子上值一萬金子，特別在肚子正疼的時候。秀真是張貼心房的膏藥。可是小趙不承認心中有什麼病。為難！

丁二爺找到小趙。

「趙先生，」丁二爺叫，彷彿稱呼別人「先生」是件極體面的事，「趙先生！」

「丁二嗎？有什麼事？」小趙是有分寸的，丁二爺只是「丁二」，無須加以客氣的稱呼。

「秀姑娘叫我來的。」

「什麼？」

「秀姑娘叫我來的。」

「哪個秀姑娘？」小趙的眼珠沒練習著跳高，而是死魚似的瞪著丁二爺。他最討厭別人知道了自己的事。

「秀真，秀真，我的女秀真。」丁二爺好像故意的討厭。

「你的女？」小趙真似乎把秀真忘了，丁二的女，哼！

「我把她抱大了的，真的，一點不假。我的事她知道，她的事我知道。您和她的事我也知道。她叫我找您來了。」

小趙非常的不得勁，很有意把丁二槍斃了，以絕後患。「找我幹嘛？啊，別人知道不知道？」

「別人怎能知道，她就是和我說知心話，我的嘴嚴，很嚴，像個石頭子。」

「不要你的命，你敢和別人說！」

「絕不說，絕不說，丁二都仗著你們老爺維持。那回您不是賞了我一塊錢？忘不了，老記著。」

「快說，到底有什麼事？」小趙減了些猜疑，可是增加了些不耐煩：丁二是到梆到底的討厭鬼。

「是這麼回事！」

「快著，三言兩語，別拉鋸，趙先生沒工夫！」

「秀真一半天就搬回家來，出入可就不大方便了，叫您快想主意。她說，頂好您設法先把天真放出來，然後您向張大哥要求這回婚事。成也得成，不成也得成。秀姑娘說了，她自己也和父親母親要求：父母不答應，她就上吊。可是天真得先出來，不然她沒話向父母說。」

「好啦，去你的，我快著辦。給你這塊錢，」小趙把張錢票扔在地上。「留神你的命，只要你一跟別人提這個，噗，一刀兩斷，聽見沒有？」

丁二爺把票子拾了起來。「謝謝，趙先生，謝謝！絕不對別人說！您可快著點！秀姑娘真不壞，真不壞。郎才女貌！趙先生，丁二等吃喜酒！以後您有什麼信傳給秀姑娘，找我丁二，妥當，準保妥當！」

小趙心裡怎麼也不是味。不肯承認自己是落在情網中：趙先生被個蜘蛛拿住？趙先生像小綠蠅似的在蛛網上掙扎？沒有的事！可是丁二的末幾句話使他心中癢了癢——吃喜酒，郎才女貌！人還不易逃出人類的通病，小趙恨自己太軟弱。可是洞房花燭夜，吻著那雙大腳，準保沒被別人吻過的；她臉上紅著，兩個笑渦像兩朵小海棠花！以前經歷過的女人都像木板似的，壓在她們身上都覺不出一點彈性！小趙沒辦法，沒法把心掏出來，換上塊又硬又光的大石卵。

四

丁二爺一輩子沒撒過謊，這是頭一次。他非常的興奮。說了謊，而且是對大家所不敢惹的小趙說的！還白撿了一塊錢，生命確是有趣的。大概把小趙揍死，也許什麼事沒有？誰知道！天下的事只怕沒人作；作出來不一定準好或是準壞，就怕不作。丁二爺想起過去的事；假如少年的時候，遇上事敢作，也許不至成為廢物？他有點後悔。好吧，現在拿小趙試試手。小趙一點也沒看起咱，給他個冷不防！丁二爺沒想到自己是要作個英雄，他自己知道自己，英雄與丁二聯不到一處。只是要試試手。試好了便算附帶的酬報了張大哥，試不好——誰知道怎樣呢！過去是一片霧，將來是一片霧，現在，只有現在，似乎在哪兒有點陽光。秀真，小丫頭，也確是可愛！要是自己的兒子還跟著自己，大概還許和她定婚呢！兒子哪兒去了？那個老婆哪兒去了？他看著街上的郵差；終年的送信，只是沒有丁二的！去喝兩盅，誰叫白來一塊錢呢！

第十八

一

老李的苦痛是在有苦而沒地方去說。李太太不是個特別潑辣的婦人，比上方墩與邱太太，她還許是好一些的。可是她不能明白老李。而老李確又不是容易明白的人。他不是個詩人，沒有對美的狂喜；在他的心中，可是，常有些輪廓不大清楚的景物：一塊麥田，一片小山，山後掛著五月的初月。或是一條小溪，岸上有些花草，偶然聽見蛙跳入水中的響聲……這些畫境都不大清楚，顏色不大濃厚，只是時時浮在他眼前。他沒有相當的言語把它們表現出來。大概他管這些零碎的風景叫做美。對於婦女，他也是這樣，他有個不甚清楚的理想女子，形容不出她的模樣，可是確有些基本的條件。「詩意」，他告訴過張大哥。大概他要是有朝一日能找到一個婦女，合了這「詩意」的基本條件，他就能像供養女神似的供養著她，到那時候他或者能明明白白的告訴人——這就是我所謂的詩意。李太太離這個還太遠。

那些基本條件，正如他心中那些美景，是樸素，安靜，獨立，能像明月或浮雲那樣的來去沒有痕跡，換句話說，就是不討厭，不礙事，而能不言不語的明白他。不笑話他的遲笨，而了解他沒說出的那些話。他的理想女子不一定美，而是使人舒適的一朵微有香味的花，不必是牡丹芍藥；梨花或是秋葵就正好。多他遇上這個花，他覺得他就會充分的浪漫——「他」心中那點浪漫——就會通身都發笑，或是心中蓄滿了淚而輕輕的流出，一滴一滴的滴在那朵花的瓣上。到了這種境界，他才能覺到生命，才能哭能笑，才會反抗，才會努力去作愛作的事。就是社會黑得像個老菸筒，他也能快活，奮鬥，努力，改造；只要有這麼個婦女在他的身旁。他不願只解決性慾，他要個無論什麼時候都合成一體的伴侶。不必一定同床，而倆人的呼吸能一致的在同一夢境——一條小溪上，比如說——裡呼吸著。不必說話，而兩顆心相對微笑。

現在，他和太太什麼也不能說。幾天沒說話，他並不發怒，只覺得寂寞，可不是因為不和「她」說笑而寂寞。她不是個十分糊塗的婦人；反之，她確是要老大姐似的保護著他，監督著他，像孤兒院裡的老婆婆。他不能受。她的心中蓄滿了問題，都是實際的，實際得使人噁心要吐。她的美的理想是梳上倆小辮，多擦上點粉，給菱作花衣裳。她的丈夫會賺錢，不娶姨太太，到時候就回家。她得給這麼個男人洗衣服，作有肉的菜。有客人來她能鞠躬，會陪著說話，送到院中，過幾天買點禮物去回拜，她覺得在北平真學了些本事。跟丈夫吵不起來的時候自己打嘴巴，孩子太鬧或是自己心中不痛快，打英的屁股；不好意思多打菱，菱是姑娘，急了的時候只能用手指戳腦門子。她的一切都要是具體的。老李偏愛作夢。她可是能從原諒中找到安慰：丈夫不愛說話，太累了；丈夫的臉像黑雲似的垂著，不理他。老李得不到半點安慰。越要原諒太太越覺得苦惱，他恨自己太自私，可是心中告訴自己——老李你已經是太寬容，你是整個的犧牲了自己。

馬少奶奶有些合於他的條件，雖然不完全相合：她至少是安靜，獨立，不討厭。她的可憐的境遇補上她的缺欠。可是她也太實際，她只把老李看成李太太的丈夫。老李已經把心中的那點「詩意」要在她的身上具體化了，她像門外小販似的，賣什麼吆喝什麼，把他的夢打碎。無論怎麼說，可是老李不能完全忘了她，她至少是可以和他來得及的。

老李專等著看看她怎樣對付那位逃走的馬先生。衙門不想去，隨便，免職就免職，沒關係！張家的事，想管，可是不起勁，隨便，大家都在地獄裡，誰也救不了誰。

李太太有點吃不住了。丈夫三四天不上衙門，莫非是……自己不對，不該把事不問清楚了就和丈夫吵架。她又是怕，又是慚愧，決定要扯著羞臉安慰他，勸告他。

「今天還不上衙門呀？」好像前兩天不去的理由她曉得似的。「放假吧？」把事情放得寬寬的說，為是不著痕跡。

他哼了一聲。

二

下了大雨。不知哪兒的一塊海被誰搬到空中，底兒朝上放著。老李的屋子漏得像漏杓，菱和英頭上蒙著機器面口袋皮，四下裡和雨點玩捉迷藏，非常的有趣。剛找著塊乾地方，頭上吧噠一響，趕緊另找地方；最後，藏在桌兒底下，雨點敲著桌上的銅茶盤，很好聽，可是打不到他們的頭上。「爸！這兒來吧！」爸的身量過大，桌下容不開。

一陣，院中已積滿了水。忽然一個大雷，由南而北的咕隆隆，雲也跟著往北跑。一會兒，南邊已露出藍天；北邊的黑雲堆成了多少座黑山，遠處打著閃。跑在後邊的黑雲，失望了似的不再跑，在空中猶疑不定的東探探頭，西伸伸腳，身子的四圍漸漸由黑而灰而白，甚至於有的變成一縷白氣無目的的在天上伸縮不定。

院中換了一種空氣，瓦上的陽光像鮮魚出水的鱗色，又亮又潤又有閃光。不知道哪兒來的這麼些蜻蜓，黃而小的在樹梢上結了陣，大藍綠的肆意的擦著水皮硬折硬拐的亂飛。馬奶奶的幾盆花草的葉子，都像剛琢過的翡翠。在窗上避雨的大白蛾也撲拉開雪翅，在藍而亮的空中緩緩的飛。牆根的蝸牛開始露出頭角向高處緩進，似乎要爬到牆頭去看看天色。來了一陣風，樹上又落了一陣雨，把積水打得直冒泡兒；搖了幾次，葉上的水已不多，枝子開始抬起頭來，笑著似的在陽光中擺動。英和菱從桌下爬出來，向院中的積水眨巴眼——啊！

並沒有商議，二位的小手碰到一處，好像小蟻在路上相遇那麼一觸，心中都明白了。拉著手，二位一齊下了海。英唱開了「水牛，水牛，先出犄角後出頭。」菱看天上的白雲好像一群羊，也唱著「羊，羊，跳花牆……」把水踢起很高。英的大拇指和二指一捻，能叫水「花啦」輕響一聲，湊巧了還弄起個水泡。菱也得那麼弄，胖腳離了水皮，預備捻腳指頭；立著的那隻腳好像有人一推，出溜——脊背也擦了水皮；英拉不住她，爽性撒了手，菱的胖脊背找著了地，只剩了腦袋在外邊，「媽！」英拚命的喊。菱要張口，水就在脣邊，一大陣眼淚都流入海裡。「媽！媽——」

全院下了總動員令。爸先出來了，媽在後邊。東屋大嬸是東路司令，西路馬奶奶也開開了門。爸把小葫蘆撈出來，像個穿著衣服的小海狗。大紅兜肚直往下流水，脊背上貼了幾塊泥。臉也嚇白，葫蘆嘴撇得很寬，可是看著媽媽，不敢馬上就哭出聲來。「不要緊的，菱，快擦擦去！」馬奶奶知道菱是不敢哭，不是不想哭。馬嬸也趕緊的說：「不要緊的，菱！」菱知道是不能挨打了，指著紅兜肚，「新都都，新都都！」哭起來，似乎新兜肚比什麼也重要。或者是因為這樣引咎自責可以減少媽媽的怒氣。媽媽沒生氣，可是也沒笑著，「看看，摔著了沒有吧！」菱有了主心骨，話立刻多了：「沒摔著！菱沒動，水推菱，吧唧！」她笑了，大家都笑了。媽把菱接過去。英早躲到南牆去，直到媽進了屋才敢過來，拉住了馬嬸，一勁的嘻嘻，他的褲子已溼了半截。

馬奶奶誇獎雨是好雨，老李想起鄉下——是，好雨；可是暴雨澆熱地，瓜受不了。馬嬸不曉得瓜也是莊稼，她總以為菜園子才種瓜呢，可是不便露怯，沒言語。老李想起些雨後農家的光景，有的地方很髒，有的地方很美，雨後到日落的時候，在田邊一伸手就可以捏著個蜻蜓。「英，咱們出西直門看看去！」很想聞聞城外雨後新洗過的空氣，可是沒說，因為英正和馬嬸在牆根找蝸牛。馬嬸沒穿著襪子，赤足穿著雙小膠皮靴，看不見腳，可是露著些腿腕。陽光正照著她的頭髮，水影在她頭上的窗紙上搖著點金光，很像西洋畫中的聖母像。英不怕晒，她也似乎不怕，跟著英在階上循著牆根找蝸牛，蹲著身，白腿腕一動一動往前輕移。馬奶奶進了屋。老李放膽的看著她的背影，她的白腿腕，她的頭髮，她頭上的水光。他心中的雨後村景和她聯在一氣，晴美，新鮮，安靜，天真，他找到了那個「詩意」。

菱換好了乾衣服，出來拉住爸的手，「英，給我一水牛！」英沒答應。菱看了看爸的鞋，「爸，鞋溼！爸鞋溼！」爸始終也沒覺鞋溼，笑了笑，進屋去換鞋。

三

院中的水稍微下去了些，風一點也沒有了，到處蒸熱，蟬像錐子似的刺人耳鼓。屋中的潮味特別難聞，似乎不是屋子了，而像雨天的磨房，在哪兒有些潮馬糞似的。老李想出去走走，又怕街上的泥多。這在這個當兒，英和菱又全下了水，因為在階上看見丁二爺進來，倆孩子在水中把他截住，一邊一個拉住他的手。丁二爺的腳上黏著不曉得有幾斤泥，舊夏布大衫用泥點堆起滿身的花，破草帽也冒著蒸氣，好像剛從水裡撈出來。他拉著兩個孩子一直的闖進來，彷彿是在海岸避暑的貴人們在水邊上遊戲呢。

「李先生，李先生，」丁二爺顧不得摘帽子，也不管鞋上帶進來多少水。「天真回來了，天真回來了！張大哥找你呢！」他十分的興奮，每個字彷彿是由腳根底下拔起來的，把鞋上的水擠出，在地上成了個小小的湖。

老李本想替張大哥喜歡喜歡，可是不知道為什麼非常的冷淡，好像天真出來與否沒有半點意義。

「李先生，去吧，街上不很難走！」丁二爺誠懇的勸駕。

老李只好答應著，「就去。」

英看出了破綻，「二大，街上不難走？你看看！」指著地上的小湖。

「啊，馬路當中很好走；我是喜歡得沒顧挑著路走，我一直的淌，花啦，花啦！」丁二爺非常的得意，似乎是作下一件極浪漫的事。

「二大，」英的冒險心被丁二爺激動起，「帶我上街淌水去！咱們都脫了光腳鴨？」

「今天可不行，丁二還有事呢，還得找小趙去呢！」他十二分抱歉，所以對英自稱「丁二」。

英撅了嘴。老李接過來問：「找他幹嘛？」

「請他到張家吃飯，明天；明天張大哥大請客。」

「啊，」老李看出來，張大哥復活了。可是丁二爺有些神祕，他不是要揍小趙嗎？他的神氣一點不像去揍人的，難道……管他們呢，一群糟蛋；沒再往下問。

丁二爺往外走，孩子們都要哭，明知丁二爺是淌水玩去，不帶他們去！

「英，我帶你們去！」爸說了話。

「脫了襪子？」英問。

「脫！」爸自己先解開了皮鞋。

「脫鴨鴨來脫鴨鴨，」英唱著，「菱，你不脫肥鴨？」

「媽——菱脫鴨鴨！」

老李一手拉著一個，六隻大小不等的光腳淌了出去，大家都覺得痛快，特別是老李。

四

第二天早晨，天晴得好像要過度了似的。個個樹葉綠到最綠的程度，朝陽似洗過澡在藍海邊上晒著自己。藍海上什麼也沒有，只浮著幾縷極薄極白的白氣。有些小風，吹著空地的積水，蜻蜓們閃著絲織的薄翅在水上看自己的影兒。燕子飛得極高，在藍空中變成些小黑點。牆頭上的牽牛花打開各色的喇叭，承受著與小風同來的陽光。街上的道路雖有泥，可是牆壁與屋頂都刷得極乾淨，廟宇的紅牆都加深了些顏色。街上人人顯著俐落，輕鬆，連洋車的膠皮帶都特別的鼓脹，發著深灰色。剛由園子裡割下的韭菜，小白菜，帶著些泥上了市，可是不顯著髒，葉上都掛著水珠。

老李上衙門去。在街上他又覺出點渺茫的詩意，和鄉下那些美景差不多，雖然不同類。時間還早，他進了西安門，看看西什庫的教堂，圖書館，中北海。他說不上是鄉間美呢，還是北平美。

北平的雨後使人只想北平，不想那些人馬住家與一切的無聊，北平變成個抽象的——人類美的建設與美的欣賞能力的表現。只想到過去人們的審美力與現在心中的舒適，不想別的。自己是對著一張，極大的一張，工筆畫，樓閣與蓮花全畫得一筆不苟，樓外有一抹青山，蓮花瓣上有個小蜻蜓。鄉間的美是寫意的，更多著一些力量，可是看不出多少人工，看不見多少歷史。御河橋是北平的象徵，兩旁都是荷花，中間來往著人馬；人工與自然合成一氣，人工的不顯著侷促，自然的不顯著荒野。一張古畫，顏色像剛染上的，就是北平，特別是在雨後。

老李又忘了鄉間，他願完全降服給北平。可是到了衙門，他的心意又變了。為什麼北平必須有這樣怪物衙門呢？想想看，假如北京飯店裡淨是臭蟲與泔水桶！中山公園的大殿裡是廁所！老李討厭這個衙門。他不能怨北平把他的生命染成灰色；是這個衙門與衙門中的無聊把他弄成半死不活——連打小趙一個嘴巴，或少請一回客，都不敢，可憐！

同事們逐漸的來到，張大哥在他們的唇上復活了。張家已不是共產的窩穴，已不是使人血凝結上的恐怖。大家接到了張大哥的請帖——天真原來不是共產黨。大家開始討論怎樣給大哥買禮物壓驚，好像幾個月裡他沒驚過一回似的。買禮物總得討論，討論好大半天，一個人獨自行動是可怕的，一定要大家合作，買些最沒有用的東西，有實用的東西便顯著不官樣，不客氣。禮物莊上的裝著線似的半根掛麵的錦匣，和一個有點杏仁粉味兒而無論如何也看不見一釘星杏仁粉的花盒子，都是理想的禮品。討論完禮物，大家開始猜測張大哥能否官復原職。意見極不一致。張大哥，有的說，到處有人，不必一定吃財政所。可是，另一位提出駁議，不回到財政所來，為什麼請財政所的人們吃飯？那是因為小趙是首座，不能不請舊同事作陪，第三位自覺的道出驚人的消息。假如，假如他回來，是回原缺呢，還是怎樣？討論的熱烈至此稍為低減。人人心中有句：「可別硬把我頂了呀！」不能，不能再回財政所，也許到公安局去，張大哥的交往是寬的。這樣決定，大家都心中平靜了些。

老李聽著他們咕唧，好像聽著一個臭水坑冒泡，心中覺得噁心。

孫先生過來問：「老李兒呀，給張大哥送點什麼禮物兒呢？想不起，壓根兒的！」

「我不送！」老李回答。

「啊！」孫先生似乎把官話完全忘了，一句話沒再說，走了出去。

老李心中痛快了些。

五

兒子到了家。張大哥死而復活，世界還是個最甜蜜的世界，人種還是萬物之靈，因為會請客。請客，一定要請客。小趙是最值得感激的人，雖然不能把秀真給他，可是只就天真的事說，他是天下最好的人。請小趙自然得請同事們作陪。他們都沒看過他一趟，可是不便記恨他們，人緣總要維持的：況且，也難怪他們，設若他們家中有共產黨，張大哥自己也要躲得遠遠的，是不是？無論怎說吧，兒子是回來了，不許再和任何人為難作對：兒子是一切，四萬萬同胞一齊沒兒子，中國馬上就會亡的。

幾個月的愁苦使張大哥變了樣，頭髮白了許多，臉上灰黃，連背也躬了些。可是一見兒子，心力復原了，張大哥還是張大哥，身體上的小變動沒關係；人總是要老的，只怕老年沒兒子；很想就此機會留下鬍子。灰黃的臉上起了紅色，背躬著，可是走得更快，更有派兒，趕緊找出官紗大衫，福建漆的扇子，上街去定菜。還得把二妹妹找來幫忙；前者得罪了她，沒關係，給她點好飯吃，交情立刻能恢復的。天氣多麼晴，雲多麼藍！作買賣的多麼和氣！北平又是張大哥的寶貝了。定了菜，買了一挑子鮮花，給兒子加細的挑了幾個蜜桃，女兒也回來了，也得給她買些好吃的，鮮藕和鮮核桃吧，女兒愛吃零碎兒。沒有兒子，女兒好像不存在；有了兒子，兒女是該平等待遇的。回到家中，官紗大衫已溼了一大塊，天氣熱得可以；老沒出去。腿也覺得累得慌，可是心中有勁，像故宮裡的大楠木柱子，油漆就是剝落了些，到底內裡不會長蟲。叫理髮的，父子全修容理髮，女兒也得燙頭。花吧，有能力再掙去；賺錢為誰，假如沒有兒子？剪下的頭髮有不少白的，沒關係；作大官的多半是白鬍子老頭。天真將來結了婚，有了子女，難道作祖父不該是個慈眉善目的白髮翁？

二妹妹來了，歡迎。「大哥您這場——可夠瞧的！」

「也沒什麼！」張大哥覺得受了幾個月的難，居然能沒死，自己必是超群出眾；「二兄弟呢？」

「我上次不是找您來嗎，您不是——正——沒見我嗎？」二妹妹試著步說，「他出來是出來了，可是不能再行醫，巡警倒沒大管哪，病人不來，乾脆不來。您說叫他改行吧，他又手不能提籃，肩不能擔擔，作個小買賣都不會，這不是眼看著挨餓嗎？他淨要來瞧您，求求您，又拉不下臉來。大哥，您好歹給他湊合個事兒，別這麼大睜白眼的挨餓呀！您看，他急得直張著大嘴的哭！」

二妹妹的眼淚在眼眶裡轉。

「二妹您不用著急，咱們有辦法；有人就有事。我說，您的小孩呢？正鬧著天真的事，我也沒給您道喜去！」

「倆多月了，奶不夠吃的，哎！」

張大哥看了看她，她瘦了許多：沒飯吃怎能有奶？沒奶吃怎能養得起兒子？決定給二兄弟找個事作；不看二兄弟，還不看那個吃奶的孩子？

「好吧，二妹妹，您先上廚房吧。」結束了二妹妹。

幾個月的工夫耽誤了多少事？春際結婚的都沒去賀，甚至於由自己為媒的也沒大管，太對不起人了！逐家得道歉去。不過，這是後話，先收拾院子，石榴會死了兩棵！新買來的花草擺上，死了的搬開，院子又像個樣子了，可惜沒有蓮花，現種是來不及了，買現成的盆蓮又太貴；算了吧，明年再說，明年的夏天必是個極美的，至少要有三五盆佛座蓮！

六

西房的陰影鋪滿了半院。院中的夜來香和剛買來的晚香玉放著香味，招來幾個長鼻子的大蜂，在花上顫著翅兒。天很高，蟬聲隨著小風忽遠忽近。斜陽在柳梢上擺動著綠色的金光。西房前設備好圓桌，鋪著雪白的桌布。方桌上放著美麗菸，黑頭火柴，汽水瓶；桌下兩三個大長西瓜，擦得像剛用綠油漆過的。秀真拿著綠紗的蠅拍，大手大腳的在四處瞎拍打，雖不一定打著蒼蠅，可確有打翻茶杯的危險。她的臉特別的紅，常把瓜子放在唇邊想著點什麼，鼻子上的汗珠繼續把香粉沖開，於是繼續撲撲的去拍，拍的時候特意用小圓鏡多照一會兒笑渦——向左偏偏臉，向右偏偏臉，自己笑了。

張大哥躬著點背，一趟八趟的跑廚房，囑咐了又囑咐，把廚子都囑咐得手發顫。外面叫來的菜，即使菜都新鮮，都好，也不能隨便的饒了廚子。自己打來的「竹葉青」，又便宜又道地，看著茶房往壺裡倒；不能大意，生活是要有板有眼，一步不可放鬆的：多省一個便多給兒子留下一個。沏上了「碧螺春」，放在冰箱裡鎮著，又香又清又涼，省得客人由性開汽水：汽水兩毛一瓶，碧螺春，喝得過的，才兩毛一兩：一兩茶葉能沏五六壺！汽水，開瓶時的響聲就聽著不自然！

張大嫂的夏布半大衫兒貼在了脊背上，眼圈還發紅，想起兒子所受的委屈，還一陣陣的傷心：可是看著丈夫由復活而加緊的工作，自己也不願落後，雖然很想坐在沒人的地方再痛哭一場。女兒大手大腳的只會東一拍西一拍的找尋蒼蠅，別的什麼也不能幫忙；誰叫女兒是女學生呢；女學生的父母就該永遠受累的，沒法子，而且也不肯抱怨；不為兒女奔，為誰？姑娘的頭燙了一點半鐘，右眼上還掩著一塊，大熱的天；時興，姑娘豈可打扮得像老太太。幸而有二妹妹來幫忙，可是二妹妹似乎只顧發牢騷，幹事有些心不在焉；沒法子，求人是不能完全如意的；二妹妹也的確是可憐，有上頓沒下頓的，還奶著個孩子！偷偷的給了二妹妹一塊錢，希望孩子趕快長大，能孝順父母，好像一塊錢能養起個孩子似的。

客人來了。都早想來看張大哥，可是……都覺得張大哥太客氣，又請客，可是……都覺得買來的禮物太輕，可是……都看出張大哥改了樣，可是……結果：張大哥到底是張大哥，得吃他，得求他作點事，有用的人，值得一交往，況且天真不是共產黨。瓜子的皮打著磚地，汽水撲撲的響著，香菸燒起幾股藍煙，一直升到房簷那溜兒，把蚊陣沖散。講論著天氣，心中比較彼此的衣料價格，偷眼看秀真的胳臂。

孫先生許久沒和張大哥學習官話，一見面特別的親熱，報告孫太太大概又有了，沒辦法；生育節制壓根兒是「破錶，沒準兒」！

邱先生報告吳太極近來窮得要命，很想把方墩太太攆出去，以便省些糧食。十三妹還好，一心一意的跟老吳，就是有一樣毛病，敢情吸白麵！關於邱先生自己，語氣之中帶出已經不怕牙科展覽的太太，而她反有點怕他。自然邱先生的話不免有些誇大，可是有旁人作證，他確是另有了個人，而邱太太以離婚恫嚇他，她自己又真怕離婚；恐怕要出事，大家表面上都誇讚邱科員的乾綱大振，可是暗中替他擔憂。大家搖頭，家庭是不好隨便拆散的，不好意思！

其他的朋友陸續來到，都偷眼看著天真，可是不便問他究竟為什麼被捕，不好意思。

天真很瘦，對大家沒話可講，勉強板著臉笑，自以為是個英雄，坐過獄。就憑這坐過一次獄，白吃父親一輩子總可以說得下去了。為什麼被捕？不曉得。為什麼被釋？不知道。可怕是真的。五花大綁捆了走！真可怕；可是對這群人應當驕傲，他們要是五花大綁捆了走，說不定到不了獄裡就會嚇死。不過，自己也真得小心點，暫時先不要出去；五花大綁可別次數多了。父母看著好似老了許多，算了吧，也不用擠錢留學去了，留著錢在北平花也不壞。父親一定是有不少財產，還把房子送給小趙一所呢！對父親得順從一些，這回誤被當作共產黨拿去，大概是平日想共父親的產的報應。摩登孝子也許和「妹妹我愛你」可以聯成一氣的。想法得討老頭——把資本老頭的「資本」特意的免去，表示自己決非共產黨——的歡心，好死吃他一口。當著父親把桌上的空汽水瓶挪開了兩個，表示極願和父親合作。對妹妹也和氣了許多，哥哥坐過獄，妹妹懂得什麼，所以得特別的善待她。

大家都到齊，只短小趙和老李，大家心中覺得不安。小趙是首座，大家理當耐心的等著：老李怎麼也不來？憑什麼不來？近來大家對老李很不滿意，於是藉著機會來討論他，嘴都有些撇著。

「老李兒是不想來的，」孫先生撇著嘴說。「昨天我對他講，送張大哥什麼禮物，哎呀，『我不送！』他說的。狂，狂得不成樣兒！莫名其妙！」

張大哥想叫丁二爺去請他們，丁二爺也不見了。

第十九

一

政治的變動，對於科員們，是飯碗又要碎破的意思；無力制止，可是聽著頭疼。也有喜歡換一換局面的，假如風兒是向著自己吹來，而且吹得帶著喜氣，可是這究竟是極少數的。小趙是永遠察看風向的人。但是每逢他特別的喜歡，別人不免就害頭疼。

他兩天沒露面，大家心中又打開了鼓。「小趙上哪兒啦？張大哥請客他都沒到！」大家不但心中這麼嘀咕著，也彼此的探問。有的更進一步的猜測：「聽說市長又要換人。小趙準是又上了天津。說不定，他還許來個局長呢！」老李也許曉得，問他去。「老李，張大哥請客怎麼沒去？小趙也沒去！」給老李一個暗示。自從吳太極免職，老李和小趙很那個。老李沒說什麼，大家越覺得他知道；好厲害的老李，嘴和蛤殼似的那麼嚴緊！

小趙沒影兒了，可是有人看見張大哥上科長家裡去。大家又有點不安。所裡是沒有缺的，張大哥回來就得有人出去。大家都很不滿意那個頂了張大哥的人。張大哥到底是老資格；那個新來的科員懂得什麼？可是他既能頂了張大哥，他的力量一定不小；張大哥未必就能再頂下他去；那麼，不定誰被頂呢！

張大哥確是下了決心恢復地位，自己定好期限，一個月內要接到委任狀。好嗎，丟了一所房子，不趕緊抓弄抓弄還行？對於媒人的事業也開始張羅著，男人當娶，女的當聘，不然便沒有人生。再說，張大哥要是放棄說媒的工作，不亞於把自己告下來——張某不行了，頭髮白了，沒用了！這根本和謀差事有關係，被人認識為老朽無能還能找到差事？不，張大哥不能服這口氣——

「叫你們看看姓張的，至少還能跳動二十來年！」去看看老李，請吃飯他怎沒來呢？老李是好人；夠個朋友，不過，對於謀差事，老李並沒有多少用處。老李都好，就是差事當得太死板，太死板。也別說，他升了頭等科員，大概也有點勁，可是，別人要是有他那點學問，那筆文章，還早作了科長呢；到底是太死板。

老李沒在家，張大哥和李太太談起來，婆婆慢慢的談得十分相投，張大哥彷彿是有點女性。李太太自從自己打了頓嘴巴之後，臉上由腫而消瘦，心裡老憋著一大下子眼淚。見了張大哥好像見了叔公，把委屈都倒了出來。張大哥像慰勞前線將士似的，只誇獎她的好處，並不提老李有什麼缺欠。激起她的勇氣比咒罵敵人強的多。李太太的來到北平，原是張大哥的力量與主張，自然不能因為幫助李太太而說老李不好；老李要真是不好，張大哥豈不擔著把她接到虎口裡來的「不是」？李太太聽了一片獎勵自己的話，不由的高興起來，覺得自己到底是比丈夫大著兩歲，應當容讓他，雖然想起丈夫的一天到晚撅著嘴，徐庶入曹營一語不發，也確是心裡堵得慌。李太太決定留張大哥吃飯；張大哥決定不吃，可是覺得李太太已經受了「教育」，北平的力量！

二

羊肉西葫蘆餡的餃子，李太太原想用以款待張大哥。大哥不肯賞臉，李太太有點失望。可是大哥剛走了不大一會兒，丁二爺來了。三句話過去，李太太抓住吃餃子的主兒。

「很好，很好，丁二爺最愛吃羊肉餡！」說著，他脫了那件不大有靈魂的夏布衫，就要去和麵。

當然不能叫客人去和麵，李太太攔住了他，兩個孩子也抱住他的腿。他把夏布衫很鄭重的又穿上，然後舉了菱高高，給他們開始說他早年的故事，兩個孩子對這個故事已能答對如流。

「聽著，英，我從頭兒說。」

「打摔碗說吧，什麼碗來著？」英問。

「子孫餑餑的碗；就由這兒說吧。她一下轎子就嫌我，很嫌我！給她個下馬威；哼！她——」

「她連子孫餑餑的碗都摔了！」英接了下去。

「拍，摔了！」菱的嘴慢，趕不上英，只好給找補上點形容，倆手拍了一下。

「鬧吧，很鬧了一場；歸齊，是我算底；丁二——」

「是老實人，很老實！」因為句子簡單，這回菱也趕上了。

「你們說的一點也不錯，真對！」丁二爺以為英們非常的聰明。「丁二是老實人——」

英們極注意的等插嘴的機會，忽然丁二爺加了一個旁筆，「我說，英，有酒沒有哇？要是沒有，叫媽媽給咱們錢，咱們打點去。喝點酒，我能說得更好聽！」

英和媽要來一毛錢；丁二爺挑了個大茶杯，「咱們走呀！」一齊上了街。

一出胡同東口，遇上了老李，英幌著手裡的毛錢票兒喊：「爸，我們打酒去，跟媽要的一毛錢。」

老李笑了。丁二爺拉著菱，拿著茶碗，黑小子拿著一毛錢，不知為什麼很可笑。

「我正給他們講故事，想喝點酒——」

英又接了過去，「喝完了酒，講得更好聽。我們剛說到摔了——什麼餑餑來著？」他拉了丁二爺夏布衫一下。

老李不笑了。他覺得他也須喝點酒。他跟著他們走，到了油酒店，他攔住了英，「上那邊買去。」

進了商店，他買了一瓶蓮花白，幾個桃，和兩把極綠可是沒很長足的蓮蓬。把酒交給丁二爺。菱看準了蓮蓬，非抱著不可。英沒張羅著拿什麼，只看著手裡下一毛錢。出了店門，他奔了香瓜挑子去：「拿一毛錢的香瓜，要好的！」蹲下了，大黑眼珠圍著瓜們亂轉。老李過去挑了三個，又添了一毛錢，英樂得不知怎好，又拉了丁二爺一把：「二大，我也得喝點酒。」

媽媽看見大家都拿著東西回來，樂了，加勁的包餃子。菱無論如何也不放下蓮蓬，誰要也不給。老李出了主意，爬在菱的耳根說了些話。菱還是不放手，可是忽然似乎明白過來，放下一把，告訴英：「別動菱綠——」說不上這些綠玩藝叫什麼。然後抱著一把兒，鼓著肚子走了。一出屋門：「馬嬸——給你這綠——」馬嬸跑出來，「給我送來的，菱？」

「爸說給嬸這綠——」還抱著不肯放手。

「留著給菱吃吧。嬸不要。」馬嬸笑著。

菱眨巴了半天眼睛，又把蓮蓬抱回來了。

全院的人忽然的都笑了，只有李太太在廚房裡不知怎回事。老李已把瓜洗了一個，給菱一大塊，算是把「綠——」換過了來。他拿著蓮蓬出來，馬老太太也在屋門口笑呢。他左右看了看，心中一狠，還是送到東邊去，馬嬸笑著接了過去。馬老太太發了話：「留著給孩子們吃吧！」老李答了句：「還有呢。」彼此都笑著。他心中十二分痛快。

「你們喝酒吧，餃子就得。」李太太也很喜歡，看著她創造的那群白餃子，好像一群吃圓了肚子的小白貓。

英和菱拿著瓜，和媽要了塊生麵，一邊吃瓜一邊捏小雞玩。

老李和丁二爺喝著酒，丁二爺的夏布衫還不肯脫。老李還沒喝多少，臉已經紅了，頭上一勁兒冒汗。丁二爺喝過了三杯，嘴唇哆嗦上了，嗽了好幾口氣才說上話來：

「李先生，李先生，事情辦妥了，敢情很容易，很容易！李先生，原來事情就怕辦，一辦也不見得準不成。」

老李猜出是什麼事，他看看丁二爺，那件夏布大衫好像忽然變得潔白發光。「原來事情就怕辦」這幾個字在他耳中繼續的響著，輕脆有力，像岩石往深潭裡落的水珠。小趙是生是死，他倒不大注意，他只覺出丁二爺是個奇蹟。連丁二爺都能作出點異於吃飯喝茶上衙門的事！他拿起酒杯來，本想大大的吞一口，不行，還是呷了一點，在嗓子上貼住不往下走！

「李先生，」丁二爺的手伸入夏布大衫，摸了半天，手有點顫，摸出張折著的厚桑皮紙，遞給老李：「這是那張房契。張大哥不容易，很不容易，請你交給他吧。咱們喝一杯；小趙打算娶秀姑娘，得下輩子了！請！」

老李看著丁二爺灌下一杯去，自己只舉了舉盅兒。

丁二爺辣得直仰脖子，可是似乎非常的得意：「小趙算完了。您看，很容易。我約他上後海，說秀姑娘在那兒等他。他來了，不用提多麼喜歡了。婦人有多麼大能力！我懂得。天並不十分黑，可巧四下就會沒一個人。我早在葦子裡藏好了，蚊子真多，咬得我身上全是大包，我一動也不敢動。他來了，越走越近，嘿，我的心要跳出來，真的！容他走過一步去，我就像拉替身的鬼，雙手對準他的脖子一鎖。我似乎要昏過去，我只知道我有兩隻手，沒有別的。他，我聽見了，聽得真真的，小狗睡著了有時候啊啊兩聲，他就是那麼啊了兩聲。沒有別的。他連踢踢土都沒顧得，很老實，比丁二還老實！我一拉，就把他拉進葦子裡去。搜了搜他身上搜到這張房契；錢包，錶，我沒敢動。完了事，我軟了，不敢出來了。連邁步都不能了。他仰著身，雖然看不清他的臉，可是我知道他是看著我呢，怕極了！葦葉一動，我一驚，以為有人來掐我的脖子！」丁二爺又吞了一口酒，摸一摸脖子，似乎很懷疑脖子的完整。「一耗，耗了一個多鐘頭，身上就像水洗過的一樣，汗很多。我急了，往外邁了一步，正邁在他的腿上！我跳了，什麼也不顧了，跳出來，頭也沒回，我一直走到天橋！為什麼？不知道！天橋是槍斃人的地方。槍斃丁二，我似乎聽見！在天壇的牆根我忍了一夜，沒睡，一會兒沒睡，星星一勁兒對我眨巴眼，好像是說，明天就槍斃丁二！」他又端起酒盅來。

李太太把餃子端來，兩大盤，油湯掛水的冒著熱氣。他們倆都沒動筷子。

三

市長換了。各局各所的空氣異常緊張。市長就職宣言，不換人，不用私人。各局各所的空氣更加緊張。誰都知道市長是對報紙說的那幾句話；「一朝天子一朝臣」是永不能改的真言。第二天教育局換了局長，連聽差的一律更換。財政所的胖所長十萬火急的找小趙，祕書科長們找小趙，科員們找小趙，伕役們找小趙，找不到。大家因急而疑，暗中嘀咕：莫非小趙要把胖所長頂了？這一嘀咕，小趙的價值增高了十倍。在另一方面，就是所長最親信的人也覺得倒戈的必要。於是大家分頭去奔走，沒有兩個人守一路戰線的，全是各自為戰，能保持住個人的地位什麼事也可以作。老李是大家的眼中釘。只有他，不慌不忙，好像心中有個小冰箱——「這小子真他媽的有準！」大家不能不罵了。孫先生雖然心裡也吃了涼柿子似的，可是不招大家妒恨，人家孫先生走哪路門子，自己就和大家聲明，不像老李那麼驕傲厲害，聽人家孫先生：「哎呀，新市長兒是鄉親喲！老孫是豬八戒掉在泔水桶裡，得其所哉！說不定，還來個祕書兒噹噹。」孫先生多麼直爽可愛！孫宅接到了多少禮物，單說果藕和蓮花就是三挑子！

小趙屍身被個糞夫找到了。報紙上用小碟子大小的字登出來，把屍身的臭味如何強烈都加細的描寫。疑案。因為是疑案，所以人們各盡想像的所能猜測與擬構其中的故典。財政所的人們立刻也運用想像，而且神速的想出：政治作用。小趙，據他們想，是要頂胖所長的，所以他必定與新任市長有深切的關係。市長到任聲言不更動各局的人，可是教育局連個伕役也沒留下。小趙必定已經運動好重要的地位，自然另一批人又要失業，所以……這個邏輯的推斷在科員們看是極合理而大快人心的。科員們殺隻雞都要打哆嗦，現在居然有位劍俠——至少會飛簷走壁的——把要使一批人失業的小趙殺死！小趙活著的時候是個人物，可是這一死使他的價值減到零度。因為這樣的推測，慢慢的胖所長變成了謀殺的主使人。雖然沒人敢明說，可是意思是那樣。說到歸齊，大家誰不曉得所長太太與小趙的關係，誰不知道所長是又倚仗而又怕小趙，誰看不出小趙要是不謀闊事則已，要是想幹的話能不謀財政……越想越對！大家這樣想，慢慢的思想也不知怎麼在言語上表現出來，雖然都不敢首先這樣宣傳。及至說出來了，正是英雄所見略同，於是在低聲交換意見的工夫，已像千真萬確的果有其事，成了政界一段最驚人最有色彩的歷史。一個衙門裡這樣相信，別的衙門裡也跟著低聲的吵吵。這一吵吵使新任的教育局長將已免職的陳人又叫回來幾個；因為事情鬧到局長們的耳朵裡，殺人的已不是劍俠或刺客，而是有組織的暗殺團。局長們身高樹影兒大，不能不謹慎一些，明哲保身是必須遵守的古訓。消息傳到市長的耳朵裡，暗殺團不但是有組織，而且裡面有流氓浪人。市長太太登時上了天津。一來是為避難，二來是為跳舞去。市長沒法不和各局所的長官妥協了：市長交派下一批人，由各局所分用，不便全體更動。各局所的領袖暫不更換，可是市長給大家一個暗示——接任的花銷太大。於是各局所的經費收支報告又都改造了一次。

張大哥的奔走，連天真都動了心：「得包個車吧？天太熱！」張大哥很感激兒子，兒子自從獄裡出來確是明白多了。可是，「包車幹嘛？走得差不離，再搭點腳，一天我也花不過八十子兒的車錢！」張大哥大概至死也想不起論「毛」僱車的。他的奔走確是不善，已經有了眉目：新市長手下一位祕書先前與他同過事，而且這位祕書的弟婦是張大哥給說的，祕書不但答應了給他幫忙，而且問他願到哪個機關去。平日維持人，好交往，你看到時候有多大用處，多大面子，由自己指定機關！張大哥幾乎得意的要落淚。自要家裡不出共產黨，事情是不難的。人心不古，誰說的？祕書叫我自己挑定機關！到底哪個機關好呢？這倒為了難。在哪兒作事也是一樣，事在人為；不過，既有自選的機會，也別辜負了人家祕書的善意。閉死了左眼，吸了兩袋菸，決定了，還是回財政所。人熟地靈，衙門又比較的闊綽。

張大哥隨著一批新人，回了財政所，所裡的陳人其實是沒有什麼變動，因為所長是講面子的人，而且各位都有人給說情，所以舊人沒十分動，而硬添上一批新人；羊毛出在羊身上，有的是老百姓納供，多開點薪水也用不著所長自己掏腰包。況且市長與局長們的妥協究竟是暫時的，知道哪時就擱車，幹嘛裁員得罪人！於是所裡十分熱鬧，新舊交歡，完全是太平景像。連伕役也又添了兩名，因為打手巾把和沏茶的呼喚接二聯三，已無法應付。張大哥利用機會把愛用石膏的二兄弟薦上，暫時當著伕役，等空氣變換了些再去行醫；不過，再行醫的話可千萬「少」下——不是不可以下——石膏。此外，張大哥對於新到的一群山南海北的科員們特別的照應：有的不會講官話，張大哥教。有的不會吃西餐，張大哥帶著去練習。有的要娶親，張大哥吃了蜜。

四

老李又沒被撤差，他自己也笑了。衙門更像怪物了；他想逃都逃不了。混吧！大家都是混，不過別人混得興高彩烈，他混得孤寂無聊。對新同事們他不大招呼；舊同事們對他非常不滿意，孫先生已經把剛學來的一句加在老李的身上——「鄉下人不認識仙人掌，青餅子！」

把房契給張大哥送了去。張大哥愣了。老李想嚇張大哥一下；不好意思，沒說什麼。張大哥似乎不大敢收那張契紙；看見它，也就看見了小趙，這是玩的？！

「大哥把它收起來好了，沒事！」

張大哥想起《七俠五義》來；沒有除暴安良的俠義英雄，這是不可能的！

「把丁二爺那籠子小鳥給我吧，」老李岔開了話。

「丁二在哪兒呢，好幾天沒見他的面，家裡越忙，他越會耍玄虛，真正的廢物！」張大哥不滿意丁二爺。

「他在我那兒呢，啊——幫幾天忙。」老李沒敢說丁二爺天天夢見天橋槍斃人，不敢出來。

「啊，在你那兒呢，那我就放心啦。」張大哥為客氣起見，軟和了許多；可是丁二在老李家幫什麼忙呢？

老李提著一籠破黃鳥走了。張大哥看著房契出神，怎回事呢？

第二十

一

老李唯一值得活著的事是天天能遇到機會看一眼東屋那點「詩意」。他不能不承認他「是」迷住了，雖然他的理智還強有力的管束著一切行動。既不敢——往好了說，是不肯——純任感情的進攻，他只希望那位馬先生回來，看她到底怎樣辦，那時候他或者可以決定他自己的態度。設若他不願再欺哄自己的話，他實在是希冀著——馬回來，和她吵了；老李便可以與她一同逃走。逃出這個臭家庭，逃出那個怪物衙門；一直逃到香濃色烈的南洋，赤裸裸的在赤道邊上的叢林中酣睡，作著各種顏色的熱夢！帶著丁二爺。丁二爺天生來的宜於在熱帶懶散著。說真的，也確是得給丁二爺想主意——他一天到晚怕槍斃，不定哪天他會喝兩盅酒到巡警局去自首！帶他上哪兒？似乎只有南洋合適。他與她，帶著個怕槍斃的丁二爺，在椰樹下，何等的浪漫！

「小鳥兒，叫吧！你們一叫，就沒人槍斃我了！」丁二爺又對著籠子低聲的問卜呢！

逃，逃，逃，老李心裡跳著這一個字。逃，連小鳥兒也放開，叫他們也飛，飛，飛，一直飛過綠海，飛到有各色鸚鵡的林中，飲著有各色游魚的溪水。

他笑這個社會。小趙被殺會保全住不少人的飯碗，多麼滑稽！

二

正是個禮拜天，蟬由天亮就叫起來，早晨屋子裡就到了八十七度，英和菱的頭上胸前眼看著長一片一片的痱子，沒有一點風，整個的北平像個悶爐子，城牆上很可以烤焦了燒餅。丁二爺的夏布衫無論如何也穿不住了；英和菱熱得像急了的狗，捉著東西就咬。

院子裡的磚地起著些顫動的光波，花草全低了頭，麻雀在牆根張著小嘴喘氣，已有些發呆。沒人想吃飯，賣冰的聲音好像是天上降下的福音。老李連襪也不穿，一勁兒撲打蒲扇。只剩了蒼蠅還活動，其餘的都入了半死的狀態。街上電車鈴的響聲像是催命的咒語，響得使人心焦。

為自己，為別人，夏天頂好不去拜訪親友，特別是胖人。可是吳太太必須出來尋親問友，好像只為給人家屋裡增加些溫度。

老李趕緊穿襪子，找汗衫，胳臂肘上往下大股的流汗。

方墩太太眼睛上的黑圈已退，可是腮上又加上了花彩，一大條傷痕被汗淹得並不上口，跟著一小隊蒼蠅。

「李先生，我來給你道歉，」方墩的腮部自己彈動，為是驚走蒼蠅。「我都明白了，小趙死後，事情都清楚了。我來道歉！還有一件事，我得告訴你。吳先生又找著事了。不是新換了市長嗎，他託了個人情，進了教育局。他雖是軍隊出身，可是現在他很認識些個字了；近來還有人托他寫扇面呢。好歹的混去吧，咱們還鬧得起嗎？」

老李為顯著和氣，問了句極不客氣的，「那麼你也不離婚了？」

方墩搖了搖頭，「哎，說著容易呀；吃誰去？我也想開了，左不是混吧，何必呢！你看，」她指著腮上的傷痕，「這是那個小老婆抓的！自然我也沒饒了她，她不行；我把她的臉撕得紫裡套青！跟吳先生講和了，單跟這個小老婆幹，看誰成！我不把她打跑了才怪！我走了，乘著早半天，還得再看一家兒呢。」她彷彿是練著寒暑不侵的工夫，專為利用暑天鍛鍊腿腳。

老李把她送出去，心裡說「有一個不離婚的了！」

剛脫了汗衫，擦著胸前的汗，邱太太到了；連她像紙板那樣扁，頭上也居然出著汗珠。

「不算十分熱，不算，」她首先聲明，以表示個性強。「李先生，我來問你點事，邱先生新弄的那個人兒在哪裡住？」

「我不知道，」他的確不知道。

「你們男人都不說實話，」邱太太指著老李說，勉強的一笑。「告訴我，不要緊。我也想開了，大家混吧，不必叫真了，不必。只要他鬧得不太離格，我就不深究；這還不行？」

「那麼你也不離婚了？」老李把個「也」字說得很用力。

「何必呢，」邱太太勉強的笑，「他是科員，我跟他一吵；不能吵，簡直的不能吵，科員！你真不知道他那個——」

老李不知道。

「好啦，乘著早半天，我再到別處打聽打聽去。」她彷彿是正練著寒暑不侵的工夫，利用暑天鍛鍊著腿腳。

老李把她送出去，心裡說「又一個不離婚的！」

他剛要轉身進來，張大哥到了，拿著一大籃子水果。

「給乾女兒買了點果子來；天熱得夠瞧的！」隨說隨往院裡走。

丁二爺聽見張大哥的語聲，慌忙藏在裡屋去出白毛汗。

「我說老李，」張大哥擦著頭上的汗，「到底那張房契和丁二是怎回事？我心裡七上八下的不得勁，你看！」

老李明知道張大哥是怕這件事與小趙的死有關係，既捨不得房契，又怕鬧出事來。他想了想，還是不便實話實說；大熱的天，把張大哥嚇暈過去才糟！「你自管放心吧，準保沒事，我還能冤你？」

張大哥的左眼開閉了好幾次，好像睏乏了的老馬。他還是不十分相信老李的話，可是也看出老李是決定不願把真情告訴他：「老李，天真可是剛出來不久，別又——」

老李明白張大哥：張大哥，方墩，邱太太，和……都怕一樣事，怕打官司。他們極願把家庭的醜惡用白粉刷抹上，敷衍一下；就是別打破了臉，使大家沒面子。天真雖然出來，到底張大哥覺得這是個家庭的汙點，白粉刷得越厚越好；由這事再引起別的事兒，叫大家都知道了，最難堪；張大哥沒有力量再去抵擋一陣。你叫張大哥像老驢似乎戴上「遮眼」去轉十年二十年的磨，他甘心去轉；叫他在大路上痛痛快快的跑幾步，他必定要落淚。「大哥，你要是不放心的話，我給你拿著那張契紙，凡事都朝著我說，好不好？」

「那——那也倒不必，」張大哥笑得很勉強，「老李你別多心！我是，是，小心點好！」

「準保沒錯！丁二爺一半天就回去，你放心吧！」

「好，那麼我回去了，還有人找我商議點婚事呢。明天見，老李。」

老李把張大哥送出去，熱得要咬誰幾口才好。

丁二爺頂著一頭白毛汗從裡間逃出來：「李先生，我可不能回張家去呀！張大哥要是一盤問我，我非說了不可，非說了不可！」

「我是那麼說，好把他對付走；誰叫你回張家去？」老李覺得這樣保護丁二爺是極有意義，又極沒有意義，莫名其妙。

三

張大哥走了不到五分鐘，進來一男一女，開開老李的屋門便往裡走。老李剛又脫了襪子與汗衫。

「不動，不動！」那個男的看見老李四下找汗衫，「千萬不要動，同志！馬克同，馬克司的弟弟。這是，」他介紹那位女的「高同志，與馬同志同居。記得這屋是媽同志的，同志你為何在此？」

老李愣了。

馬同志提著個皮包，高同志提著個小竹筐，一齊放在地上，馬同志坐在皮包上，高同志自己找了把椅子坐下。

老李明白過來了，這是馬老太太的兒子。他看著他們。

馬同志也就是三十多歲，身量不高，穿著黃短褲，翻領短袖汗衫，白帆布鞋。臉上神氣十足，一條眉毛挑著天，一條眉毛指著地，一隻眼望著莫斯克，一隻眼瞭著羅馬。鼻孔用力的撐著，像跑歡了的馬那樣撐著，嘴順勢也往上兜著，似乎老對自己發笑，而心裡說著，「你看我！」

高同志也就是三十多歲，身量不高。光腳穿著大扁白鞋，上身除了件短袖白夏布衫，大概沒什麼別的東西，露著一身的黑肉。臉上五官俱全，嘴特別的大，不大有精神，皺著眉，似乎是有點頭疼。

丁二爺，李太太，英，菱都來參觀，把兩位同志圍得風雨不透。馬同志順手把丁二爺的芭蕉扇奪過去著，高同志拿起桌上一個青蘋果——張大哥剛給送來的——剛要放嘴裡送，被英一把搶回去。

「看這個小布爾喬亞！」馬克同指著英說，「世界還沒多大希望！」

李太太看丈夫不言語，掛了氣：「我說，你們倆是幹嘛的呀？」

「我倆是同志，你們是幹嘛的？」馬同志反攻。

李太太回答不出。有心要給他個嘴巴，又不肯下手。

屋門開了，馬老太太進來：「快走，上咱們屋去！」

「媽同志！」馬克同立起來，拉住老太太的手，「就在這兒吧，這兒還涼快些。」

馬太太的淚在眼裡轉，用力支持著，「這是李先生的屋子！」然後向老李，「李先生，不用計較他，他就是這麼瘋瘋顛顛的。走！」她朝著高同志，「你也走！」

馬同志很不願意走，被馬老太太給扯出來。丁二爺給提著皮箱。高同志皺著眉也跟出來。老李看見馬少奶奶立在階前，毒花花的太陽晒著她的臉，沒有一點血色。

四

大家誰也沒吃午飯，只喝了些綠豆湯。老李把感情似乎都由汗中發洩出來，一聲不出，一勁兒流汗。他的耳朵專聽著東屋。東屋一聲也沒有；他佩服馬孀，豪橫！因為替她使勁，自己的汗越發川流不息。他想像得到她是多麼難堪，可是依然一聲不出。

丁二爺以為馬同志是小趙第二，非和李太太借棒槌去揍他不可，她也覺得他該揍，可是沒敢把棒槌借給丁二爺。

英偷偷的上東屋看馬孀，門倒鎖著呢，推不開，叫馬孀，也不答應。英又急了一身的痱子。西屋裡喀囉喀囉的成了小茶館，高聲的是馬同志，低聲的是老太太，不大聽見高同志出聲。

馬老太太是在光緒末年就講維新的人，可是她的維新的觀念只限於那時候的一些，五四以後的事兒她便不大懂了。她明白，開通，相當的精明，有的地方比革命的青年還見得透澈，有的地方她毫不退步的守舊。對於兒女，她盡心的教育，同時又很放任。馬與黃的自由結婚，她沒加半點干涉。她非常疼愛馬少奶奶。可是，兒子又和高同志同居了，老太太不能再原諒。她正和馬同志談這個。兒子要是非要高同志不可呢，老太太願意自己搬出去另住；馬少奶奶願跟著丈夫或婆婆，隨便，兒子要是可以犧牲了高同志呢，高同志馬上請出。老太太的話雖然多，可是立意如是，而且很堅決。

馬同志是個不得意的人，心中並沒有多少主意，可是非常的自傲。他願意作馬克司的弟弟，可是他的革命思想與動機完全是為成就他自己。對於富人他由自傲而輕視他們，想把他們由天上拉到塵土上來，用腳踩住他們的臉。對於窮人他由自傲而要對他們慈善，他並不了解他們，看不出為他們而革命的意義。他那最好的夢是他自己成為革命偉人，所以臉上老畫著那個「你看我！」他沒有任何的成功。對於婦女，他要故意的浪漫，婦女的美與婦女的特性一樣的使他發迷。對於黃女士，他愛她的美；可是她太老實，太安靜，他漸漸的不滿意了。對於高女士，他愛她的性格活潑好動敢冒險；可是她又太不美了，太男性了，他漸漸的不滿意了。可是，他不能決定要哪個好，他自己說，「我掉在兩塊鋼板中間！」他也不要解決這個，他以為一男多妻，或是一妻多男，都是可以的，任憑個人的自由，旁人不必過問。況且他既擺脫不開已婚的黃女士，又擺脫不開同居的高同志，而她們倆又似乎不願遵行他的一男多妻的辦法，就是想解決也解絕不了。他沒主意。

他還有個夢想——現在已證實了是個夢想：他以為有了心愛的女子在一塊，能使他的事業成功。娶了一個自己心愛的，沒用。再去弄個性格強而好動的，還是沒用。他以為女子是男人成功的助手；結果，男人沒成功，而女子推不開攆不掉，死吃他一口。不錯，高女士能自己掙飯吃；可是自己掙飯與幫助他成功離得還很遠。況且兩個常吵架，她有時候故意氣他。自從與她同居，他確是受了許多苦處，他不甘於受苦。根本就沒想到受苦。他總以為革命者只須坐汽車到處跑跑，演說幾套，喝不少瓶啤酒，而後自己就成了高高在上的同志。結果，有時候連電車也坐不上。由失望而有些瘋狂，他只能用些使普通人們打哆嗦的字句嚇人了，自傲使他不甘心失敗。「你看我！到底比你強點！四十以上的都要殺掉！」使老實人們聽著打戰，好像淘氣的孩子故意嚇狗玩。

西屋的會議開了兩點多鐘。馬克同沒辦法。老太太不能留高同志。最後，高同志提起小竹筐，往外走。馬同志並沒往外送她。

老太太上了東屋。東屋的門還倒鎖著。「開開吧，別叫我著急了！」老太太說。屋門開了，老太太進去。

老太太進了東屋，馬同志蹓躂到北屋來。英與菱熱得沒辦法，都睡了覺。三個大人都在堂屋坐著，靜聽東西屋的動靜。馬同志自己笑了笑。「你們得馬上搬家呀，這兒住不了啊！你革過命沒有？」他問老李。「你革過命沒有？」他問丁二爺。「你革過命沒有？」他問李太太。

大家都沒言語。

「啊！」馬同志笑了。「看你們的腦袋就不像革命的！我革過命，我得住上房，你們趕快滾！」

李太太的真正鄉下氣上來了，好像是給耕牛拍蒼蠅，給了馬同志的笑臉一個頂革命的嘴巴——就恨有倆媳婦的人！

「好！很好！」丁二爺在一旁喝彩。

馬同志摀著臉，回頭就走，似乎決定不反抗。

五

李太太的施威，丁二爺的助威，馬同志的慘敗，都被老李看見了，可是他又似乎沒看見。他的心沒在這個上。他只想著東屋：她怎樣了？馬老太太和她說了什麼？那個高同志能不能就這麼善罷干休？他覺不到天氣的熱了，心中顫著等看個水落石出。馬同志的行為已經使他的心涼了些，原來浪漫的人也不過如此。浪漫的人是以個人為宇宙中心的，可是馬同志並沒把自己浪漫到什麼地方去，還是回到家來叫老母親傷心，有什麼意義？自然，浪漫本是隨時的遊戲，最好是只管享受片刻，不要結果，更不管結果。可是，老李不能想到一件無結果的事。結果要是使老母親傷心，不能幹！

到了吃晚飯的時候，他的心已涼了一半：馬少奶奶到西屋去吃飯！雖然沒聽見她說話，可是她確是和馬家母子同桌吃的！

到了夜晚，他的心完全涼了：馬同志到東屋去睡覺！老李的世界變成了個破瓦盆，從半空中落下來，摔了個粉碎。「詩意」？世界上並沒有這麼個東西，靜美，獨立，什麼也沒有了。生命只是妥協，敷衍，和理想完全相反的鬼混。別人還可以，她！她也是這樣！或者在她眼中，馬同志是可愛的，為什麼？忌妒常使人問呆傻的問題。

起初，只聽見馬同志說話，她一聲不出。後來，她慢慢的答應一兩聲。最後，一答一和的說起來。靜寂。到夜間一點多鐘——老李始終想不起去睡——兩個人又說起來，先是低聲的，漸漸的語聲越來越高，最後，吵起來。老李高興了些，吵，吵，妥協的結果——假如不是報應——必是吵！可是他還是希望她與他吵散了——老李好還有點機會。不大的工夫，他們又沒聲了。老李替她想出她的將來。高同志一定會回來的。馬少奶奶既然投降了丈夫，就會再投降給高同志，說不定馬少奶奶還會被驅逐出去。他看見一朵鮮花逐漸的落瓣，直到連葉子也全落淨。恨她呢，還是可憐她呢？老李不能決定。世界是個實際的，沒有永遠開著的花，詩中的花是幻象！

老李的希望完了，世界只剩了一團黑氣，沒有半點光亮。他不能再繼續住在這裡，這個院子與那個怪物衙門一樣的無聊，沒意義。他叫醒了丁二爺，把心中那些不十分清楚而確是美的鄉間風景告訴了丁二爺。

「好，我跟你到鄉下去，很好！在北平，早晚是槍斃了我！」丁二爺開始收拾東西。

六

張大哥剛要上衙門，門外有人送來一車桌椅，還有付沒上款的對聯，和一封信。

他到了衙門，同事們都興奮得了不的，好像白天見了鬼：「老李這傢伙是瘋了，瘋了！辭了職！辭！」這個決想不到的「辭」字貼在大家的口腔中，幾乎使他們閉住了氣。

「已經走了，下鄉了，奇怪！」張大哥出乎誠心的為老李難過。「太可惜了！」太可惜的當然是頭等科員，不便於明說。

「莫名其妙！難道是另有高就？」大家猜測著。不能，鄉下還能給他預備著科員的職位？

「丁二也跟了他去。」張大哥供獻了一點新材料。

「丁二是誰？」大家爭著問。

張大哥把丁二爺的歷史詳述了一遍。最後，他說：「丁二是個廢物！不過老李太可惜了。可是，老李不久就得跑回來，你們看著吧！他還能忘了北平？」

離婚：一齣婚姻鬧劇，一部人生悲劇

作　　者：老舍
發 行 人：黃振庭
出 版 者：崧燁文化事業有限公司
發 行 者：崧燁文化事業有限公司

E-mail：sonbookservice@gmail.com
粉 絲 頁：https://www.facebook.com/sonbookss/
網　　址：https://sonbook.net/
地　　址：台北市中正區重慶南路一段六十一號八樓 815 室
Rm. 815, 8F., No.61, Sec. 1, Chongqing S. Rd., Zhongzheng Dist., Taipei City 100, Taiwan
電　　話：(02)2370-3310
傳　　真：(02)2388-1990

印　　刷：京峯數位服務有限公司
律師顧問：廣華律師事務所 張珮琦律師

定　　價：350 元
發行日期：2023 年 07 月第一版
◎本書以 POD 印製

國家圖書館出版品預行編目資料

離婚：一齣婚姻鬧劇，一部人生悲劇 / 老舍著 . -- 第一版 . -- 臺北市：崧燁文化事業有限公司 , 2023.07
面；　公分
POD 版
ISBN 978-626-357-409-0(平裝)
857.7　　112007651

電子書購買

臉書